Wolfgang Schiffer

Das Meer kennt keine Stille

Die Deutsche Bibliothek – EIP-Einheitsaufnahme

Schiffer, Wolfgang:
Das Meer kennt keine Stille : Roman / Wolfgang Schiffer. - 1., inhaltlich und sprachlich überarb. Aufl. – Bad Homburg : Riedel, 1991
ISBN 3-927937-13-4

Erste inhaltlich und sprachlich überarbeitete Auflage 1991
Originalausgabe (vergriffen)erschienen 1988 in der Edition Pestum im Arena Verlag, Würzburg.

Umschlag: Margot Kreuder, Frankfurt am Main
Satz: Cornelia Riedel, Emmendingen
Herstellung: Rainer Höchst, Dießen/Ammersee
Printed in Hungary. ISBN: 3-927937-13-4

Wolfgang Schiffer

Das Meer kennt keine Stille

Roman

»… beinahe gleichzeitig tauchten die Möven ihre Flügel ins Wasser; für einen kurzen Moment sah es so aus, als wollten sie über dessen Oberfläche davonlaufen, dann hoben sie sich geräuschlos in die Luft und schwebten davon. Erst als sie einige Meter an Höhe gewonnen hatten, setzte ihr Geschrei ein, gierig und hell.

Petra schaute ihnen nach, bis ihre gleichmäßig auf und ab schwingenden Flügel mit dem Morgendunst verschmolzen. So ist Adrian von mir gegangen, dachte sie. Ohne einen Laut von sich zu geben, ist er aus dem Wasser hochgestiegen, und jetzt schwirrt er da oben in der Luft und redet weiter mit mir, als sei nichts geschehen…«

1

Manchmal frage ich mich, ob es dich wirklich gegeben hat. Ja, Adrian, warst du das, der mich minutenlang nur angeschaut hat, ganz ruhig, mit diesen lächelnden Augen? Die Hände hattest du immer im Nacken verschränkt... Du wolltest dein eigener Stuhl sein, hast du immer gesagt, du Spinner. Und die Stimme? War das deine Stimme, die ich immer hören wollte, mit diesem Gefühl, sie würde mich von allem wegtragen? Oder hab ich mir das alles nur eingebildet? Meinen Eltern wäre es sicher nur recht, wenn du nichts als ein Gebilde meiner pubertären Phantasie wärst, wie sie es nennen würden.

Aber so ist es nicht. Nein. Und selbst wenn, ich ließe es nicht zu.

Du hast gesagt, du wolltest mir eine neue Sprache geben. Du hast mir andere Gedanken in den Kopf gesetzt. In der Schule haben sie mich angestaunt deswegen, glaube ich. Und wenn du mich mal abgeholt hast, dann sind sie fast geplatzt vor Neid. Sie wollten immer alles ganz genau wissen: Wie du bist. Wie du schmust. Und ob wir schon zusammen geschlafen haben natürlich. Mein Gott, ich krieg jetzt noch Horror, wenn ich daran denke, wie ich Martha abends mal gefragt habe, ob du bei mir bleiben kannst. Daß sie mir keine gescheuert hat, war alles. Die ist doch mindestens zehn Minuten im Zickzack durchs Zimmer gelaufen. Als ob sie was angestochen hätte. Und als ich die Pille haben wollte, hat sie völlig durchgedreht. Dabei wußte sie ganz genau, daß mir der Arzt geraten hat, sie zu nehmen. Wegen dieser Scheißpickel auf dem Rücken, die nicht weggingen. Und Georg, der war wirklich herb! Du wartest noch, hat er gesagt. Ich kenne den Typ ja noch gar nicht. Als ob es um ihn gegangen wäre. War das ein Krampf!

Doch, es hat dich gegeben, ganz sicher! Nur, weißt du, es war... wie soll ich sagen... es war immer alles so müde. Ja, so hättest du's wahrscheinlich auch genannt... müde. Weißt du, Adrian, das hab ich eigentlich erst jetzt richtig verstanden: Du hast viel von Freude geredet, aber es ging immer um die Freude der anderen. Du selbst warst eigentlich nie richtig froh.

2

Es waren wieder Wolken aufgekommen. Durch die Fenster des Speisesaals sah man sie vorbeiziehen, wie Fratzen, deren Ausdruck sich zunehmend in glatten, dunklen Klumpen verlor. Georg sah ihnen nach, während er und seine Frau auf das Essen warteten; seine Augenbrauen hatte er über der Brille zu kleinen Dreiecken hochgestellt.

»Es wird wieder regnen heute nachmittag«, sagte er. Seine recht Hand produzierte dabei ein monotones Klopfgeräusch mit dem Messergriff. »Wie spät ist es?«

»Eins, nehm ich an.« Seine Frau sah erst gar nicht auf die Uhr. Sie wußte, er würde jede Antwort zum Anlaß nehmen, eine irgendwie geartete Bemerkung über Pünktlichkeit oder Unpünktlichkeit von sich zu geben.

»Warum ist Petra nicht mit dir runtergekommen? Wir hatten uns doch für eins zum Essen verabredet.«

»Sie war gar nicht in ihrem Zimmer.«

»Ach, und wo ist sie?«

Martha zog die Serviette zu sich heran, faltete das weiße Dreieck auf und begann, mit der Daumenkuppe die Knickstelle glatt zu streichen. »Noch mal ans Meer. Hat sie jedenfalls gesagt.«

»Dann hast du sie doch gesehen?« Georg schob den Nasenbügel seiner Brille hoch.

»Ja«, antwortete Martha gereizt. »Als sie die Treppe runterrannte. Ich hab ihr noch nachgerufen, daß wir doch zusammen essen wollten. Ich weiß nicht, ob sie's noch gehört hat. Sie ist… Gerannt ist sie eben.«

»Mir gefällt das nicht.«

»Glaubst du, mir?« Sie nahm die Serviette und spannte sie mit beiden Händen vor das Gesicht. »Es kommt noch so weit», sagte sie dann nach einer Weile leise, »und ich versteh das Kind überhaupt nicht mehr.«

Der Kellner kam, ein jüngerer Mann mit schlecht verheilter Akne im Gesicht und stumpfem blondem Haar, das ihm wie eine Bürste vom Kopf stand. Als ob er in die deutlich spürbare Spannung am Tisch nicht eingreifen wollte, servierte er die Suppe mit langgestrecktem Arm. Es war irgend etwas Fischiges. Martha legte die Serviette auf ihre Knie und schob die zähe, gräuliche Flüssigkeit mit dem Löffel immer wieder von der Mitte des Tellers zum Rand.

Gott sei Dank, daß der jetzt gekommen ist, dachte sie. Sie war froh über die Unterbrechung, ahnte sie doch, wie das Gespräch weiter verlaufen wäre. Georg hätte einfach »ja» gesagt, vielleicht hatte er es sogar noch getan – und sie hatte es nicht gehört? Vielleicht redeten sie sogar tatsächlich noch miteinander? Was machte es für einen Unterschied…

»Ist das alles, was du dazu sagst?« hätte sie geantwortet, und er hätte etwas von »großer Liebe« gefaselt, die dieser Kerl nun einmal für Petra gewesen sei. »Er hat ihr den Kopf verdreht mit seinen Sprüchen. Sie gegen uns, gegen ihre eigenen Eltern, aufgebracht. Und jetzt haben wir das Ergebnis: Das Mädchen isoliert sich. Es kapselt sich ab.«

Tief über den Teller gebeugt aß Georg die Suppe in sich hinein. Auch Martha nahm drei, vier Löffel, doch ohne Appetit. Sie sah sich um: Nur wenige von den etwa fünfzehn Tischen, die da auf dünnen Metallbeinen stehend in drei gerade ausgerichteten Reihen den Raum füllten, waren besetzt. Wortlos, mit gekrümmten Rücken hockten die Feriengäste auf den Stühlen vor ihren Tellern, nur das Klappern der Bestecke war zu hören. Nein, aus einem Lautsprecher irgendwo in der Decke des Speisesaals drang noch leise Klaviermusik. Martha erinnerte sich an die Melodie; sie hatte sie schon oft im Radio gehört. Das ist bestimmt Mozart, dachte sie und war ein wenig stolz auf sich, weil sie glaubte, den Komponisten erkannt zu haben. Den anderen im Saal traute sie das nicht zu. Aber sie fand sich zugleich gemein, als ihr dieser Gedanke durch den Kopf schoß, denn eigentlich kannte sie niemanden von den übrigen Hotelgästen. Sicher, man hatte sich guten Morgen gewünscht, guten Tag und guten Abend. Georg hatte mit dem alten Mann im Rollstuhl, der von seiner blassen, wie durchsichtigen Frau jeden Tag zur Pier hinausgeschoben wurde, und mit dem Schnurrbarttypen im Anzug an einem der ersten Abende Skat gespielt, und sie hatte dabeigesessen, aber das war's auch schon. Wirklich geredet hatten sie dabei auch nicht miteinander.

»Glaubst du, daß das schon ernst gewesen ist?« fragte Georg plötzlich. Er hatte dabei den Kopf gehoben, sah aber an Martha vorbei. »Sie war doch da noch keine fünfzehn…«

Martha zögerte. Der Kellner brachte gerade das Hauptgericht: Schweinebraten, Kartoffeln, Erbsen und Möhrchen, stellte sie mit einem Blick fest. Der Kellner lächelte nach links und rechts, es war mehr ein Grinsen als ein Lächeln. Als er die Suppenteller aufeinander stapelte, wünschte er guten Appetit.

»Ich weiß nicht«, sagte Martha, als er gegangen war. »Ich glaube, Liebe ist in jedem Alter ernst.«

»Ja, aber wie ernst, das würde ich gern wissen.« Georg schob sich ein Bratenstück in den Mund, bevor er weiterredete. »Heutzutage steckt man in einer Fünzehnjährigen ja nicht mehr drin…«

Er bestimmt nicht, dachte Martha, da hat er recht. Er sieht sie ja kaum. Beim Frühstück zwischen Zeitung und einer letzten, schnellen Tasse Kaffee. Und wenn's hochkommt, beim Abendbrot vielleicht. Und am Wochenende braucht er seine Erholung. Was weiß er schon von ihr? Von ihren Gefühlen? Von ihren Problemen? Die Zeugnisnoten, die schaut er sich an. Daran glaubt er alles ablesen zu können.

»Du solltest öfter mit ihr reden, Georg«, sagte sie vorsichtig und war bemüht, ihrer Stimme einen liebevollen Klang zu geben. «Sie braucht dich! Auch wenn ich mich den ganzen Tag um sie kümmere, das reicht einfach nicht. Gerade jetzt braucht sie auch einen Vater.« Und als Georg, ohne zu reagieren, weiteraß, fügte sie lauter hinzu: »Weißt du, mich würde es ehrlich gesagt auch entlasten. Oder glaubst du, es wär so amüsant, sich jedes Wehwehchen hundertfünfzigmal anhören zu müssen?«

Jetzt legte Georg die Gabel auf dem Tellerrand ab und sah seine Frau über den Rand der Brille hinweg an. Er schob die Hand über den Tisch, mit den Fingerspitzen berührte er ihren Handrücken. »Ich will dich nicht angreifen«, sagte er.

Ruckartig zog sie ihre Hand unter seiner weg.

»Ich hab oft das Gefühl, du denkst, ich will dir Vorwürfe machen«, sagte er hilflos.

»Vorwürfe? Das wär ja noch schöner!«

Als ob sie die Diskussion damit abbrechen wollte, begann sie zu essen, schob hastig mit dem Messer das Gemüse auf die Gabel, so daß einige Erbsen über den Tellerrand auf den Tisch kullerten. »Mist«, sagte sie und pickte die grünen, noch wie gefroren aussehenden Kügelchen mit den Fingern auf und steckte sie in den Mund. Die Flecken auf der Tischdecke tupfte sie mit der Serviette weg.

Georg rückte seine Brille auf der Nase zurecht. »Du hast doch selbst gesagt, daß du sie nicht begreifst«, sagte er, um das Gespräch wieder aufzunehmen. »Daß du nicht weißt, was sie an diesem Adrian gefunden hat...«

Martha lachte spitz. »An diesem Adrian! Wenn ich das schon höre!«

»Ihr redet ja schon wieder über ihn! Das hab ich euch doch verboten!«

Sie hatten beide nicht bemerkt, daß Petra zu ihnen an den Tisch gekommen war. Jetzt stand sie da, die schmalen, gebräunten Hände auf die Tischplatte gestützt, daß die Fingerknöchel weiß anliefen. Und auch ihr Gesicht, dieses kleine Oval mit den hohen Wangenknochen, war vor Wut blaß. »Ich will nicht, daß ihr über ihn herzieht! Wie oft muß ich das noch sagen!«

Georg war aufgestanden und hatte ihr einen der freien Stühle zurechtgerückt. »Da bist du ja endlich«, sagte er lauter als notwendig. »Komm, setz dich! Ich sage dem Ober Bescheid...«

»Ich will nichts essen«, protestierte Petra, und in ihren Augen begann es feucht zu glänzen, als ob sie losweinen müßte.

Martha biß sich auf die Unterlippe. »Laß sie doch«, bat sie Georg kaum hörbar.

Doch als sie sah, daß ihr Mann schnell und verstohlen zu den Nachbartischen hinüberblickte, wußte sie, daß es zu spät war. Seine Reaktion kam wie erwartet und wieder viel zu laut: »Sie setzt sich jetzt her! Essen wird sie ja noch mit uns können!«

3

Jetzt schob der Nordwestwind die Wolkenwand schon vor sich her wie einen löchrigen Stoffballen. Über der See, deren weißgekämmte Wellen in gleichmäßigem Turnus auf dem flachen Sandstrand zusammenbrachen, ließ sich noch ein wenig von dem Blau ahnen, in dem der Himmel sich noch am vorigen Nachmittag über die gesamte Insel erstreckt hatte, aber hinter der Düne schon, deren Seegras sich im Wind an die Erde preßte, hingen die Wolken grau und undurchdringbar für jeden Sonnenstrahl.

Die Luft war kühl. Am Strand war kaum ein Mensch, erst recht nicht im Wasser; nur in der Ferne liefen einige Spaziergänger, die vorsorglich schon ihre gelben und orangefarbenen Regencapes übergezogen hatten, um die satten Priele herum, die sich zunehmend mit Wasser füllten. Petra fror, aber es kümmerte sie nicht. Sie hörte auch nicht das gierige Geschrei der Möwen, die im Wind tanzten, obwohl Petra manchmal, wenn sie nahe genug an ihr vorbeiflogen, ihr Gefieder hätte schlagen hören können.

Sie war nach dem Essen, das sie alle schweigend hinter

sich gebracht hatten, aufgesprungen, den letzten Bissen der Nachspeise noch im Mund, und ohne ein Wort wieder gegangen. Vom Hotel bis zur Promenade waren es nur wenige Meter: links, rechts, links, dann stieß man direkt auf sie, nur wenige Schritte von der Pier entfernt, die ins Meer hinausragte. Sie hätte die schmalen Straßen mit den Souvenirläden und Pommes-frites-Buden mit geschlossenen Augen gehen können, so oft war sie in den vergangenen Tagen hier entlanggelaufen.

An der Promenade sah es im Gegensatz zu den Nebenstraßen richtig vornehm aus. Da standen auf der einen Seite die teuren Hotels mit Balkon und Seeblick, mit windgeschützten Caféterrassen, dazwischen Restaurants und Boutiquen. Einen Billardsalon gab es, aus dessen dunklem Eingang gelegentlich das Klacken der Kugeln herüberdrang. Auf der anderen Seite führten in regelmäßigen Abständen gemauerte Steintreppen zum tiefer liegenden Strand hinunter, diesem schmalen Streifen mit feinkörnigem Sand, der sich an der Westseite des Inseldorfes entlangzog. Natürlich war am Fuß jeder Treppe eine weiße Bretterbude hingebaut worden, bei der man Sonnenschirme, Liegestühle und Strandkörbe mieten konnte. Petra hatte nie davon Gebrauch gemacht, obwohl ihr Vater ihr nach der Ankunft überraschend ein zusätzliches Taschengeld gegeben hatte.

»Damit du dich hier wie eine richtige junge Dame bewegen kannst«, hatte er gesagt. »So ein Badeort ist teuer.«

»Ich hab ihn mir nicht ausgesucht«, war ihre Antwort gewesen. Das Geld hatte sie in die Tasche ihres kurzen Jeansrocks gesteckt, und natürlich hatte Martha sie vorwurfsvoll angesehen, einen zurechtweisenden Kommentar auf den Lippen, aber dann doch geschwiegen.

»Ciao«, hatte Petra gesagt. »Wir sehen uns!« Und dann hatte sie sich umgedreht und die beiden verdutzt auf der Promenade stehenlassen.

Sie haßte diesen organisierten Badebetrieb. Mochten ihre Eltern sich in die Schar der ölglänzenden Leiber einreihen, die ihre Köpfe regungslos der Sonne entgegenhielten, sie würde sich einen Platz suchen, den sie mit niemandem teilen mußte, weder mit Georg und Martha noch mit anderen. Einen Platz, an dem sie allein war, mit Adrian.

Er hat wieder darauf bestanden, daß ich mit ihnen esse. Richtiggehend gezwungen hat er mich, ja, gezwungen, sogar zu dieser ekligen grünen Götterspeise. Und warum? Weil mein Essen bezahlt ist, wahrscheinlich. Weil diese Spießer Vollpension gebucht haben... Für diese Öde... Für diese vierzehn Tage Grausamkeit. Ich hätte kotzen können. Und Martha hat dabeigesessen und natürlich wieder mal den Mund nicht aufgekriegt. Ich möchte nicht wissen, was da vorher gelaufen ist. Daß sie wieder über uns hergezogen sind, war's sicher nicht allein, was sie zum Heulen gebracht hat. Sie läßt sich doch alles von dem gefallen. Ich hätte ihm an ihrer Stelle längst mal ordentlich die Meinung gesagt, diesem Schmalspurmacker. Na ja, ist eigentlich nicht mein Problem. Nur daß ich da mitmache, da täuscht sie sich aber gewaltig. Da täuschen sie sich beide! Auf das Spiel hab ich keinen Bock, du, da haue ich eher ab, das versprech ich dir! Wenn du wenigstens hier wärst, Adrian, dann ginge das ja alles noch, dann könnte ich es vielleicht aushalten. Aber so? Du siehst selbst, ich brauche nur mal nichts essen zu wollen, da rastet der Typ gleich aus! Mein Gott, die wollen mich doch einmotten! Diese Insel hier zum Beispiel! Jetzt, ohne dich. Vierzehn Tage diese Insel voll von gichtkranken Opas und Tanten und Mamas und Papas mit ihren fetten Babys. Daß ich dafür erst ein paar Tage später wieder zur Schule muß, bringt da auch nichts, das hier ist schlimmer... Du müßtest die wirklich mal sehen! Also, wer hier zum Urlaub herkommt, und auch noch freiwillig, du, der muß 'ne Meise haben, der muß schon abgeschlossen haben mit dem Leben. Echt.

Nein... das wollte ich nicht sagen, Adrian, ganz bestimmt nicht! Verzeih mir! Verdammt, warum hast du mich allein gelassen?

4

»Hier gefällt's dir, nicht wahr?« fragte Georg seine Frau. Er versuchte dabei zu lächeln, sie die schlechte Stimmung zu Mittag vergessen zu machen. Ich hab mich wie ein Idiot benommen, dachte er. Auch wenn mir das Ganze von Anfang an nicht gepaßt hat, ich darf mich nicht so provozieren lassen. Das hilft keinem, weder dem Mädchen noch uns.

Zum Glück schien Martha ihm die Szene bei Tisch nicht mehr übelzunehmen. Falls sie's doch tat, sah man es ihr jedenfalls nicht an; ihr Gesicht wirkte jetzt beinahe entspannt, wie sie dasaß, mit übereinandergeschlagenen Beinen, und an ihrem Baley's nippte.

»Ja«, sagte sie, als sie das Glas abgesetzt hatte. »Ich mag gern nach dem Essen noch sitzen und was trinken. «

»Ich weiß...« Georg schaute ein wenig nachdenklich über den Rand des Bierglases hinweg in den Himmel. Er war froh, daß Martha seinem Vorschlag, hierher zu gehen, auf die Terrasse des *Seeblick*, doch noch zugestimmt hatte. Zunächst war sie ja nicht sehr begeistert gewesen; es werde doch bald regnen, hatte sie zu bedenken gegeben. Aber mit dem Hinweis, daß man sich dann immer noch ins Innere des Cafés zurückziehen könnte, war es ihm schließlich gelungen, sie zu überreden. Wer weiß, dachte er jetzt erleichtert, vielleicht hätten wir uns nur weiter über unsere Tochter gestritten, wenn wir nach dem Essen dort sitzen geblieben wären.

Auf der Terrasse des *Seeblick* hatten sie den ersten Abend verbracht. Zwar schon damals ohne Petra, die angeblich erschöpft von der Anreise im Hotel geblieben war, aber das war ihnen durchaus noch glaubhaft vorgekommen. Auch sie fühlten sich, wie sie sich eingestanden, zerschlagen von der langen Bahnfahrt und dem anschließenden Geschaukel bei der Überfahrt mit dem Schiff. Daß sie den Zug nehmen würden, hatte Georg entschieden. Man konnte sowieso den Wagen nicht auf die Insel mitnehmen. Mit Ausnahme des Taxiverkehrs war Autofahren hier verboten; und wer wußte schon, wie sie ihren relativ neuen

Wagen wiederfinden würden, wenn er erst einmal vierzehn Tage auf einem Parkplatz auf dem Festland gestanden hatte? An der Anlegestelle, ganz in der Nähe des kleinen Leuchtturms, etwas außerhalb des Ortes, waren sie in ein Taxi gestiegen. Sie hatten sich zum Hotel fahren lassen und die Koffer in die vorbestellten Zimmer hochgebracht.

»Wir wollen uns noch ein wenig umsehen und eine Kleinigkeit essen«, hatte Martha vorgeschlagen, nachdem sie sich ein wenig frisch gemacht und neues Parfum auf beide Seiten des Halses getupft hatte.

Georg war einverstanden gewesen. »Ich frag Petra, ob sie mitkommen will«, hatte er gesagt und war über den Flur zu dem Einzelzimmer gegangen, das sie für ihre Tochter gebucht hatten. Auf sein Klopfen hatte Petra nicht reagiert; als er eintrat, lag sie schon bäuchlings auf dem Bett, mit übergestülptem Walkman und nur noch mit ihrem Slip bekleidet.

Sie hatte ihn nicht einmal hereinkommen hören, so schalldicht schloß ihre Musik sie offenbar von der Außenwelt ab. Er erinnerte sich genau, daß er sie eine Weile betrachtet hatte, ihr Profil mit der kleinen Nase, die er mehr ahnen als sehen konnte, weil das blonde, stufig geschnittene Haar einen großen Teil des Gesichts verdeckte. Er erinnerte sich, daß seine Augen den schmalen Rücken hinabgewandert waren bis zu der schmalen Taille, den runden, schön geformten Hüften.

Mein Gott, dachte Georg jetzt, sie sah wirklich aus wie eine junge Frau. Er sah zu Martha hinüber, die mit aufgestütztem Ellbogen ihren Gedanken nachzuhängen schien, den Kopf in die abgewinkelte Hand gestützt. Unter dem

Druck hatte sich das Wangenfleisch hochgeschoben. Unwillkürlich mußte Georg auf den verspannten Mund sehen, auf die Falten, die wie weiße Risse in der leicht gebräunten Haut unter ihren Augen lagen. Ich sollte ihr sagen, daß ich sie liebe, durchfuhr es ihn – das tue ich doch. Und als ob es plötzlich doch einen Zweifel daran gäbe, stockte er und nickte dann wie zur Bestätigung. Er griff in die Brusttasche seines Hemdes und holte eine Zigarettenpackung und das Feuerzeug hervor, das Petra ihm zu seinem vierzigsten Geburtstag geschenkt hatte.

»Martha?« begann er, den Rauch des ersten, tief inhalierten Zuges durch die Nase ausstoßend. Die Zigarette hing dabei noch im Mundwinkel. Als er sie herausnehmen wollte, blieb ihr Papier an der Unterlippe kleben und riß ein wenig Haut weg. »Verdammt...«, fluchte er.

»Was ist?« Seine Frau setzte sich ruckartig auf und strich mit einer fahrigen Bewegung das blonde Haar zurück, das ihr in die Stirn gefallen war.

»Nichts…, nichts«, sagte er. »Ich hab mir die Lippe aufgerissen an dieser verdammten Zigarette!«

Martha lachte, aber es klang anders als an jenem ersten Abend. Da hatten sie die gepolsterten Stühle auf der Terrasse dicht nebeneinander geschoben, erinnerte er sich. Sie hatten zusammen eine Flasche Wein getrunken und sich gegenseitig so stürmisch mit Krabbensalat gefüttert, daß die Soße am Kinn heruntergelaufen war. Danach hatten sie noch eine Weile still dagesessen, Hand in Hand, und aufs Meer hinausgeblickt, über dem die Sonne hing, tief und rot, als wollte sie ausbluten.

»Woran hast du vorhin gedacht?« fragte er.

»Ich? Ach, an nichts eigentlich … Doch, an unseren Eßsaal. Der ist wie 'ne Kantine. Findest du nicht?«

»Nun komm, ganz so schlimm ist es auch wieder nicht!«

Obwohl Martha ihm sicher keinen Vorwurf machen wollte, fühlte er sich ein wenig gekränkt. Schließlich hatte er das Hotel aussuchen müssen, und viel Zeit hatte seine Frau ihm dabei nicht gelassen.

»Besorg uns zwei Zimmer, irgendwo an der See.« Sie hatte ihn im Büro angerufen. »Wir sollten wegfahren mit Petra… Sie muß raus hier!«

Er hatte protestiert, vom Geld gesprochen und von der Zeit und daß er beides nicht habe, von den Schwierigkeiten, die sie bekommen könnten, wenn Petra nach den Ferien nicht rechtzeitig zu Beginn des Unterrichts zurückkehrte, doch Martha war nicht umzustimmen gewesen.

»Hör auf«, hatte sie ihn durch die Sprechmuschel angeschrien. »Sie ist deine Tochter! Du bist es ihr schuldig…«

Auch jetzt, so meinte Georg herauszuhören, klang ihre Stimme wieder ein wenig gereizt.

»Doch, Georg«, sagte sie. »Ich hab immer das Gefühl, die sind froh, wenn wir wieder aufstehen und gehen.«

Diesmal lachte er. »Du bist ganz schön verwöhnt…«, sagte er. Der Satz war wie von allein gefallen.

»Ich und verwöhnt? Das mußt du gerade sagen!« Sie sah ihn an, aber er wich ihrem Blick aus und zerdrückte die Glut seiner Zigarette im Aschenbecher.

»Komm, reg dich nicht auf«, versuchte er einzulenken. »Das war doch nicht ernst gemeint.«

»Aber du weißt, daß ich es ernst meine. Ich bin nicht verwöhnt. Weiß Gott nicht.«

»Ich hab das doch nur so dahergesagt, Martha. Ich...«

Sie ließ ihn nicht ausreden. »So, du hast das nur so dahergesagt«, wiederholte sie spöttisch. Dann beugte sie sich vor; die Tischkante schnitt in ihre Brüste. »Der Herr sagt das einfach nur so daher, ja? Bist du vielleicht schon mal auf die Idee gekommen, dich zu fragen, wer das eigentlich ist, der hier verwöhnt ist? Der sich von vorn bis hinten bedienen läßt? Und das Tag für Tag, von morgens bis abends...«

Georg war irritiert von diesem Gefühlsausbruch. Marthas Lippen zitterten immer noch vor Empörung, so sehr hatte sie sich über seine Bemerkung aufgeregt. Dabei stand ihre Reaktion doch in keinem Verhältnis dazu. Es muß etwas anderes sein, dachte Georg, eine alte Verletztheit, die da aufgebrochen ist. Aber was? Und wann? Du mußt versuchen, sie zu besänftigen, sagte er sich. Er suchte nach den richtigen Worten und wußte doch, daß sie ihm nicht einfallen würden.

»Du warst schon mal amüsanter, Martha«, sagte er schließlich. »Ich dachte wirklich, dieses Thema hätten wir schon vor Jahren hinter uns gebracht.«

Danach schwiegen sie. Jeder saß wie erstarrt und blickte zur Promenade oder zum Strand hinunter, auf dem der Wind an vergessenem Segeltuch zerrte, das als Windschutz mit Stangen in den Sand gerammt war. Erst als die Stille allzu drückend wurde, griff Georg zu seinem Bier. Er trank und hielt das leere Glas zum Eingang des Cafés hin. Dort stand der Kellner und hob zum Zeichen, daß er verstanden habe, den weißen Arm mit den goldenen Epauletten.

5

Petra lag still auf dem Rücken in einer Mulde der Düne. Das hier war ihr Platz. Hier würde sie so schnell niemand finden, das hatte sie gleich erkannt, nachdem sie sich am Morgen nach der Ankunft auf der Promenade von ihren Eltern getrennt hatte und immer weiter nordwärts gegangen war, das unbefestigte Seeufer entlang. Sie hatte über eine Buhne klettern müssen, die, bemoost und voller Möwenkot, den Badestrand von diesem Bereich trennte. Hinter diesem künstlichen Steinwall war sie nur noch auf wenige Badegäste gestoßen; sie aalten sich in kleinen Grüppchen hinter Barrikaden aus Strandgut, manchmal ragten auch nur noch ihre Köpfe aus dem Sand, in den sie tiefe Kuhlen gegraben hatten. Keine hundert Meter weiter gab es auch damals schon nur noch vereinzelte Spaziergänger auf dem trotz der offensichtlichen Ebbe immer schmäler werdenden Uferstreifen, dem die Düne bald ein endgültiges Ende zu setzen schien. Die Düne selbst war von einem Stacheldrahtzaun umgeben. Sturmschief hingen die grobbehauenen Pfähle in dem vom ständigen Wind angehäuften Sandberg; ein wetterzernagtes Schild verbot sein Betreten.

Um so besser, hatte Petra in sich hineingelacht und sich durch den verrosteten Draht gezwängt. Dann war sie die Düne hinaufgestapft, hatte hinter einem Busch aus Seegras und verkrüppeltem Sanddorn diese Mulde gefunden, die die steigende Sonne bald aufheizen würde. Sie lag hoch genug, um bei Flut nicht überschwemmt zu werden.

Du, Adrian, wenn der Sand so gegen meine Haut fliegt, das ist, als wenn du mich wieder anfaßt. Als wenn deine Hände mich wieder berührten.

Petras Finger spielten mit dem Sand neben ihr, der sich heute kalt und naß anfühlte. Allmählich kroch die Feuchtigkeit auch ihren Rücken hoch, so daß sie sie nicht mehr ignorieren konnte. Nach dem kräftigen Regenschauer am vergangenen Abend hatte der Wind den Sand noch nicht wieder trocken blasen können. Sie fröstelte. Sie preßte ihr Kinn auf die Brust und sah an sich hinunter. Der Bund ihres Jeansrockes stand fast eine Handbreit von ihrem gebräunten Bauch ab, der unter dem hochgerutschten ärmellosen T-Shirt frei dalag.

Ich habe schwer abgenommen, dachte sie. Sie rieb kräftig über ihre Oberarme, denen eine Gänsehaut winzige Höcker aufgesetzt hatte. Plötzlich setzte sie sich auf und schüttelte das zerfranste Haar aus dem Gesicht. Irrte sie, oder hatte sie da ein Geräusch gehört, einen langgezogenen, wimmernden Ton, wie eine Melodie beinahe, die traurig zu ihr herüberwehte? Sie kniete sich in den Sand, um sich besser umsehen zu können, gleichzeitig jedoch noch ein wenig vor den Blicken anderer geschützt zu sein. Nichts... So sehr sie auch das Dünengelände um sich herum absuchte, es war niemand zu sehen, der das Geräusch, was immer es sein mochte, verursacht haben konnte. »Ich fang schon an zu spinnen«, sagte sie laut zu sich selbst. »Vielleicht sollte ich doch zurückgehen...«

Ein Blick auf das Meer ließ sie den Gedanken vergessen. Das Wasser leckte jetzt mit dicken Wellenzungen den Fuß der Düne; der Strand in Richtung Dorf war, soweit sie sehen konnte, überschwemmt. Weiter draußen auf der See zog ein Fischkutter dahin. Es war Flut. Wenn sie jetzt zurückginge, das wußte sie, würde der Weg, den sie durch das weiter inseleinwärts wachsende, dichte Gestrüpp nehmen müßte, sehr beschwerlich sein.

Noch einmal lauschte sie in den Wind hinein, legte die Hände hinter die Ohrmuscheln, doch das Geräusch war nicht mehr zu hören, nur Wasser und Wind und vereinzelt ein Möwenschrei.

6

Keine fünfzig Meter vom Café entfernt schob die blasse Frau ihren gelähmten Mann die Promenade herauf. Martha hatte sie gleich erkannt. Hoffentlich kommen die nicht auf die Idee, sich zu uns zu setzen, dachte sie. Sie mochte die alte Dame, mehr als ihn jedenfalls, den sie eigentlich immer nur mürrisch dreinblickend erlebt hatte; sie hingegen war freundlich und zurückhaltend. Es konnte geschehen, daß man sie völlig vergaß, selbst wenn man vorher mit ihr gesprochen hatte und sie direkt neben einem sitzen geblieben war – so still war sie. So war es Martha jedenfalls an dem Skatabend gegangen. Sie war richtig erschrocken, als sie plötzlich feststellte, daß die Frau immer noch da war und mit im Schoß gefalteten Händen das Spiel der Männer verfolgte. Verwirrt hatte Martha sie angelächelt und dann flüsternd gefragt, ob sie es nicht auch langweilig fände. Aber die Frau hatte nur den Kopf geschüttelt. Martha wollte sie jetzt auf keinen Fall bei sich haben. Am liebsten wäre ihr gewesen, sie würden vorbeigehen, ohne sie zu sehen. Oder umkehren. Sie hatten sich doch sowieso viel zu weit vorgewagt, die Pier lag schon hinter ihnen.

Sie stieß Georg mit dem Ellbogen an und deutete mit dem Kopf in die Richtung der beiden, die jetzt bald den Anfang der gläsernen Balustrade rings um die Terrasse erreicht hatten.

»Sieh nicht hin«, sagte sie. »Vielleicht bemerken sie uns nicht.«

Doch Marthas Hoffnung erfüllte sich nicht, die alte Frau hatte sie schon entdeckt und winkte ihnen mit ihrer kleinen, knöchrigen Hand zu. Dann beugte sie sich zu ihrem Mann hinunter und machte auch ihn auf sie aufmerksam; jedenfalls blickte auch er hoch.

»Guten Tag«, sagte sie, nachdem sie den Rollstuhl vor ihnen zum Stehen gebracht hatte. »Dahinter läßt es sich wohl aushalten, nicht wahr?«

»Auf der Pier hätte es meine Grete beinahe weggepustet, so bläst es da«, maulte er und stemmte sich mit den Armen ein wenig im Rollstuhl hoch. »Na ja, sie ist eben ein Leichtgewicht. Immer gewesen. Und bald bringt sie gar nichts mehr auf die Waage.«

Grete heißt sie also, dachte Martha. Sie empfand plötzlich so etwas wie Mitleid mit dieser Frau in dem durchsichtigen Regencape und mit der Haube aus dem gleichen Material, die sie wie ein Kopftuch umgebunden hatte. Sie stand wieder still und lächelnd da, hinter diesem breitschultrigen, alten Mann in der grünen Lodenjoppe, und überließ es ihm, die Konversation zu machen.

»Ja, wenn ich noch halbwegs so könnte wie früher«, sagte der Mann und wischte sich mit der Hand übers Auge. »Aber das hat man jetzt davon: Ein Leben lang Arbeit, ständig treibt einen diese elende Plackerei, damit man was auf die Beine stellt, und wenn's dann langsam etwas ruhiger zugehen könnte, dann erwischt's einen, ja.« Resigniert ließ er die großen Hände auf die Oberschenkel klatschen.

Martha hätte gern gewußt, wie es dazu gekommen war: ob ein Unfall zu seinem Zustand geführt hatte oder eine Krankheit. Aber sie fürchtete danach zu fragen; es hätte den Alten womöglich erst recht eingeladen, sich seinen Kummer von der Seele zu reden. Auch sperrte sich in ihrem Innersten etwas dagegen, allzu große Anteilnahme zu nehmen. Sicher, sein Schicksal war beklagenswert, aber sie mochte nicht, wie er davon sprach, wie er nur von sich redete. Und daß er dies meistens tat, war ihr schon beim Skat aufgefallen.

Als ob seine Frau nicht auch ein schweres Leben hat, dachte sie, ob er darüber wohl mal nachdenkt? Leichtgewicht hatte er sie genannt – steckte darin, so wie er es gesagt hatte, nicht eine Spur Ironie? Ein heimlicher Vorwurf? Hoffentlich bat Georg ihn nicht auch noch, sich zu ihnen zu setzen.

Doch Georg schien ihren Gedanken zu erraten; er klang geradezu abweisend. »Dieses Wetter trägt auch nicht dazu bei, die Laune zu heben«, sagte er. »Und das nennt sich Urlaub! Man hätte zu Hause und im Bett bleiben sollen!«

»Wenn ich liege, tun mir auch nur die Knochen weh«, antwortete der alte Mann mürrisch und warf seinen Kopf in den Nacken. »Vorwärts, Grete«, sagte er dann zu seiner Frau. »Dreh'n wir noch 'ne Runde, bevor uns nachher der Regen wegschwemmt.«

Die Frau stemmte sich gegen den Rollstuhl und brachte ihn in Bewegung. Lächelnd nickte sie den beiden auf der Terrasse zu. »Auf Wiedersehen«, verabschiedete sie sich leise. »Und grüßen Sie Ihre Tochter von uns. Ein nettes Mädchen!«

Martha sah, daß Georg ihnen nachblickte. Als sie außer Hörweite waren, drehte er sich um. »Da hast du's«, preßte er zwischen den Zähnen hervor. »Selbst wildfremden Leuten fällt es schon auf, daß unsere Tochter nichts mit uns zu tun haben will!«

»Wie kommst du denn darauf?« Martha war erstaunt.

»Na, das war doch wirklich eine deutliche Anspielung zum Schluß...«

»Quatsch! Sie wollte nur höflich sein, das ist alles.«

Sie schob ihren Stuhl zurück und winkte dem Kellner, der sich daraufhin gelangweilt aus dem Eingang des Cafés löste.

»Willst du schon gehen?« fragte Georg.

»Nein, ich will mir einen Kaffee bestellen! Darf ich das vielleicht?« Sie biß sich auf die Unterlippe; beinahe wären ihr die Tränen in die Augen geschossen. Was ist nur los mit mir, fragte sie sich. Sie fühlte eine Katastrophe auf sich zukommen. Als sie die Bestellung aufgab, hatte sie sich wieder gefangen, ihre Stimme klang wieder fest. »Komm, ich lad dich noch zu einem Bier ein«, sagte sie zu ihrem Mann und versuchte dabei zu lachen.

7

Als es plötzlich zu regnen begann und die ersten dicken Tropfen den Sand neben Petra aufspritzen ließen, entschloß sie sich doch, zum Hotel zurückzugehen. Die Flut war zwar noch nicht völlig gefallen, zumindest die ersten dreißig bis vierzig Meter würde sie durch kniehohes Wasser waten müssen, aber naß, sagte sie sich, werde ich sowieso.

Sie kletterte gerade über die Buhne, da hörte der Regen ebenso plötzlich auf, wie er angefangen hatte. Die Wolkendecke über der See riß sogar weiter auf als vorher; das Licht, das sie durchließ, fiel an diesen Stellen wie aus einem umgedrehten Trichter auf das Wasser und brach sich auf den Wellen. Der Badestrand lag wie leergefegt da. Petra stieg die erste Treppe zur Promenade hoch. Auch hier, auf dem naßlackierten Asphalt, war niemand zu sehen.

Petra fühlte sich mit einemmal sehr müde, auf eine unwirkliche Art, die die Beine schwer macht und den Kopf hellwach.

Aber vielleicht ist es genau das, Adrian: Vielleicht sind die Menschen alle tatsächlich müde geworden? Vielleicht haben sie gar keine andere Wahl? Ja, die ganze Menschheit ist müde. Das ist das Problem. Der Zustand der Welt. Born to die. Nur... den einen sieht man's an und den anderen nicht. Action, verstehst du? Egal, was... Schule, Job oder Rumflippen. Da sind wir nicht anders als unsere Eltern.

Ohne besondere Eile schlenderte sie an den Boutiquen und den Caféterrassen vorbei, auf denen die Polster von den Stühlen genommen und die Stühle selbst schräg mit den Lehnen gegen die Tische gestellt worden waren. Die Gäste, falls dort welche gesessen hatten, waren wohl hastig aufgebrochen oder in die Innenräume der Cafés geflüchtet. Der Saum ihres Rockes klebte Petra naß an den Oberschenkeln, ihre nackten Füße verursachten bei jedem Schritt ein platschendes Geräusch und schoben flache Wasserhügel vor sich her. An Georg und Martha dachte Petra nicht.

Die ganze Szenerie, das Licht, das das Meer sprenkelte und seinen fahlen Schimmer auf die Promenade warf, das Zischen der Regentropfen, die schwer auf die Schaufenstermarkisen fielen und an deren Rändern zusammenliefen, um sich dann in dichtem Strahl auf den Asphalt zu ergießen und in kleine Fontänen zu zerspritzen, sie selbst, mit nicht einem trockenen Fleck am Leib, mit dem Haar, das ihr naß in den Augen hing, und wie sie da durch die Feuchtigkeit spazierte, die alles Leben außer ihr in eine andere Welt verbannt zu haben schien – das alles erinnerte sie an eine Szene in einem Film, den sie einmal gesehen zu haben glaubte, aber ihr fiel weder sein Titel ein noch der Name der jungen Schauspielerin, die darin die Hauptrolle gehabt haben könnte.

Vielleicht gab's den Film auch gar nicht, vielleicht ließ sie nur das Unwirkliche der Situation, diese Künstlichkeit ihres Alleinseins denken, daß es einen solchen Film gegeben haben müßte. Vielleicht, so dachte sie, bin ich jetzt sogar in einem Film? Himmel, wäre das schön! Man hätte geliebt, gelitten, sich auf die Lippen und in die Fingerkuppen gebissen, und dann: Musik, der Abspann, das Hinausdrängen, gefangen noch in den Gefühlen, die man soeben durchlebt hatte, die anderen Menschen plötzlich, die ja neben einem gesessen hatten, die ähnliches empfunden hatten wie man selbst – man war's ja gar nicht gewesen. Der Freund, den man verloren zu haben glaubte, für immer, er war ja noch da, er hatte seine Hand auf deiner Schulter liegen und schob dich zärtlich dem Ausgang zu.

Petra war stehengeblieben. Sie strich sich das nasse Haar aus der Stirn und preßte die Handballen gegen die Schläfen, für einen Augenblick nur, dann schüttelte sie den Kopf und ging weiter. Und da hörte sie es wieder, den Ton, die Melodie. Und jetzt, wo es stiller um sie herum war als in der vom Wind und vom nahen Meer bestimmten Geräuschkulisse der Düne, erkannte sie auch, was es war: Jemand spielte auf einer Mundharmonika.

Ich bin entdeckt, war ihr erster Gedanke. Irgend so ein Idiot hat mich in der Düne gefunden und schleicht mir jetzt nach. Sie war wütend, doch da war, sie konnte es vor sich nicht verbergen, plötzlich noch ein anderes Gefühl, eines, das sie lange nicht mehr empfunden hatte – wie ein warmes Kribbeln stieg es in ihr hoch. Ihre Augen suchten die Häuserfassade vor ihr ab. Das Spiel kam deutlich aus dieser Richtung, vielleicht aus einem der Eingänge dort oder aus einem offenen Fenster? Aber jetzt war es wieder verstummt... Es war auch keine richtige Melodie gewesen, die sie gehört hatte; es hatte eher geklungen, als habe jemand, der keine Ahnung von einer Mundharmonika hatte, abwechselnd die unteren Töne des Instruments angesaugt und eine halbe Oktave höher kräftiger hineingeblasen – so jedenfalls stellte sie es sich vor.

Dann sah sie ihn. Er lehnte in der Tür zum Billardsalon, hochgewachsen und mit dunklem Haar, die Arme hatte er vor der Brust verschränkt, und die Mundharmonika pendelte zwischen Daumen und Zeigefinger hin und her.

Petra ging schnell vorbei. Auch ohne daß sie zu ihm hinüberschaute, wußte sie, daß sein Blick sie verfolgte. Angeber, dachte sie und hörte im selben Augenblick noch einmal das Instrument; es jagte einen schrillen Melodiefetzen hinter ihr her. Ein paar Meter vor der Abzweigung der Seitenstraße, die zum Hotel führte, drehte Petra sich kurz noch einmal um, aber der Junge war schon verschwunden.

Den Rest des Weges rannte sie, links, rechts, links, der ölige Geruch von Pommes-frites stieg ihr in die Nase, dann war sie da. Sie ging zur Rezeption und ließ sich von dem pickligen Kellner, der sie am Nachmittag noch im

Speisesaal bedient hatte, den Schlüssel zu ihrem Zimmer geben.

»Wissen Sie, ob meine Eltern oben sind?« fragte sie ihn.

Er sah ihr ungeniert auf den Busen und grinste.

»Nein«, sagte er. »Warum?«

»Idiot!« fauchte sie im Weggehen und blickte an sich hinunter. So, wie sie aussah, stellte sie schnell fest, hätte sie genausogut nackt herumlaufen können.

8

Georg hatte die Rechnung schon bezahlt, bevor der Regen einsetzte. Sie gingen gerade die Promenade hinunter, Richtung Hotel, seine Frau wollte noch einige Sachen auswaschen, leichte Kleidungsstücke, hatte sie gesagt, als die ersten Tropfen fielen.

»Komm, schnell!« Martha faßte Georg bei der Hand und zog ihn zu einer der Treppen hinüber.

»Was hast du vor?« rief er in ihrem Rücken, ließ sich aber bereitwillig mitziehen.

Auf den Stufen ließ sie ihn los und streifte sich die hochhackigen Schuhe von den Füßen. In jeder Hand einen Pumps, lief sie durch den Sand auf eine Gruppe von Strandkörben zu, deren hohe, gewölbte Rücken Schutz vor dem drohenden Wolkenbruch versprachen. »Beeil dich doch«, schrie sie Georg zu, der hinter ihr zurückgeblieben war und an seinen Schnürsenkeln herumnestelte. »Sonst wirst du pitschnaß!«

Er sah sie zwei der Körbe nebeneinanderrücken und mit ihren Öffnungen dem Meer zudrehen, dann verschwand sie in dem weißlackierten Weidengeflecht.

»Du hast Ideen«, sagte er, als er endlich in seinen Korb gekrochen war und mit den Händen die Beine auf die Sitzfläche nachzog. »Und was mache ich mit den Schuhen und Socken?«

»Verstau sie neben dir«, antwortete sie, ohne ihren Kopf hervorzustrecken. »Hab ich auch getan.«

Sie hatte sich so weit wie möglich in das knarrende Flechtwerk zurückgezogen, und Georg beeilte sich, es ihr nachzutun – und das keine Sekunde zu früh, denn der graudunkle Himmel hielt sein Wasser nun nicht länger zurück, sondern ließ es wie einen Vorhang aus glitzernden Schnüren vor ihnen zur Erde fallen. So saßen sie eine Weile da, ohne einander durch die Wände der Körbe hinweg sehen zu können, ohne daß einer dem anderen ein Wort zurief durch den dichter werdenden Regen. Die bewegliche Grenze zwischen Meer und Sand, der Horizont in der Ferne, das Wolkengeschiebe darüber und was noch in ihrem Blickfeld sein mochte, das alles entzog sich jetzt dem genauen Erkennen. Nichts bot dem Auge einen fixen Punkt mehr an, kein Halt, keine Orientierung, nur die Schatten des Korbes links und rechts. Georg hatte das unbehagliche Gefühl, als nähme man ihm die Welt.

»Romantisch, nicht wahr?« sagte Martha plötzlich nach Minuten des Schweigens. Ihre Stimme klang gedämpft.

Ihr Mann versuchte gerade die beschlagene Brille an seinem Hemd klarzuwischen. Obwohl er dadurch nicht mehr sehen würde, störte ihn der feuchte Film auf dem Glas so nahe vor seinen Augen. »Ich hätt's mir etwas trockener vorgestellt, muß ich gestehen«, rief er zurück. »Vielleicht wär's doch besser gewesen, zum Hotel zu gehen!»

»Jetzt sind wir hier, und mir gefällt es!« Marthas Antwort wurde beinahe vom Regen verschluckt, aber das nahm ihr nur wenig von ihrer Entschiedenheit. Georg ärgerte sich über diese Antwort; er spürte den Ärger richtig vom Bauch aus in sich hochsteigen. Was ist nur los mit ihr, dachte er. Er glaubte das Gesicht seiner Frau vor sich zu sehen, wie es sich verhärtet haben mußte, voller Abwehr und verschlossen bis zur Ausdruckslosigkeit. Sie war ihm plötzlich fremd. Die abrupten Stimmungswechsel, die er, das wurde ihm mit einem Mal bewußt, in der letzten Zeit häufig über sich hatte ergehen lassen müssen, die Bissigkeit in vielen ihrer Worte, dieses Endgültige jetzt, mit dem sie sich in einer Art über ihn hinwegsetzte, die es ihm geraten erscheinen ließ, nicht weiter darauf zu reagieren..., das alles rückte sie ihm weit weg. Vielleicht lag es auch nur an der Situation hier – jeder in seinem Korb wie in einer Höhle –, daß es ihm plötzlich so klar wurde: Irgend etwas war mit Martha geschehen, irgend etwas hatte sie verändert. Dieser Junge, der da vor einigen Monaten durch Petra in ihr Haus geschneit war? Das ist doch lächerlich, wehrte er den Gedanken ab, was hat das mit Martha und mir zu tun? Und auch die Umstände, unter denen er so plötzlich und unwiderruflich wieder verschwunden war aus ihrem Leben, nein, nicht aus ihrem, aus Petras Leben – er hatte doch nie zugelassen, daß sich der Junge breitmachte zwischen ihm und seiner Frau. Das war doch Petras Problem, und deswegen waren sie hier, obwohl er ja nie geglaubt hatte, daß es etwas ändern würde... Georg war in dumpfes Grübeln versunken. Er spürte es in sich klopfen, im Kopf, in den nackten, kalten Zehen, in den Fingern. Es trieb selbst den letzten Rest an Wohlwollen aus ihm heraus: Bei strömendem Regen in einem Strandkorb zu sitzen, das schien ihm auf einmal die lächerlichste aller Ideen zu sein, die eine Frau haben konnte.

Er setzte sich die Brille wieder auf und schob sie mit dem Mittelfinger am Nasenbügel in die richtige Position. Hatte Martha gerade etwas gesagt? Nein, es war wohl nur ein erneutes Knarren des Korbes gewesen. Sie würde jetzt nicht reden, das wußte er, jedenfalls würde sie nicht den Anfang machen. Was sollte er also tun? Gehen? Oder soll ich mich bei ihr entschuldigen, weil ich..., ja, weshalb eigentlich! Ich denke nicht daran!

So blieb auch er still, die Gedanken schwirrten ihm durch den Kopf, der Regen klatschte auf den Korb, tropfte durch die Ritzen auf sein Haar, so daß die Haut darunter zu jucken begann. Jedem stummen Wort folgte ein anderes stummes Wort, jeder Frage eine neue Frage, die immer dieselbe war. Was war es?

Irgendwann fiel ihm Petra wieder ein. Wo sie nur steckte? Wenn sie klug ist, sagte er sich, dann liegt sie jetzt im Bett. Er hatte den Satz noch nicht zu Ende gedacht, da stockte er, die Gedanken rasteten fest, als wäre ihnen ein Stichwort zugerufen worden, das sie einhalten ließ. Für einen Augenblick fühlte Georg eine ungekannte Leere in sich. Dann begann er das Stichwort zu umkreisen; die stummen Worte wirbelten herum wie eine Spirale, die sich unentrinnbar auf einen Punkt konzentriert.

»Glaubst du, daß sie zusammen im Bett waren?« Er erschrak noch mehr, als er plötzlich seine Stimme hörte. Das Blut pochte ihm im Hals, und das Entsetzen, das nach seiner Brust griff, weil ihm sofort die möglichen Konsequenzen einer bejahenden Antwort vor Augen standen, war heiß wie der kurze Schmerz, der auf einen einsticht, ohne daß man weiß, woher er kommt.

»Wer?« fragte Martha.

Sie hatte ihn also gehört.

»Na, wer schon? Petra und dieser Typ natürlich.«

Über der See, weit hinten, griff wieder erstes Licht durch die Wolkendecke. Georg sah es, während er auf Marthas Antwort wartete, ohne das Licht aber richtig wahrzunehmen. Sie weiß etwas, begann es in seinem Kopf zu bohren, als die Sekunden verstrichen, die Regenstille immer länger wurde. Sie weiß mehr, als sie mir sagen will.

Der Gedanke, daß seine Frau nicht mit ihm darüber sprechen wollte, tat weh; gleichzeitig fühlte Georg sich jedoch auch erleichtert. Wenn sie jetzt nicht antworten würde, wenn sie jetzt weiterhin schwiege, dann wäre es noch einmal wie eine Schonfrist für ihn; es würde ihm Zeit geben, sich an den Gedanken zu gewöhnen, daß seine Tochter vielleicht... Nein. Etwas wehrte sich in ihm gegen jede weitere Vorstellung, was mit Petra sein könnte. Er wünschte sich, er hätte die Frage nicht gestellt.

»Wie kommst du denn jetzt darauf?« hörte er Martha, als er schon gar nicht mehr damit gerechnet hatte.

Ich will es nicht wissen, nicht jetzt, durchfuhr es ihn. Für einen Augenblick schloß er die Augen.

»Schon gut«, rief er dann in den Regen zurück, der ihm jetzt weniger dicht zu fallen schien. »Schon gut. Laß uns nicht mehr darüber reden, wenn du nicht willst.«

»Sag mal, spinnst du? Erst fragst du mich, und dann soll ich den Mund halten? Natürlich können wir darüber reden! Wir müssen sogar! Mich stört nur diese Brutalität, mit der du darüber sprichst!«

»Wie? Meine Brutalität?«

Marthas weitere Vorwürfe drangen nur verschwommen an sein Ohr, obwohl sie laut und spitz herausgestoßen wurden, ja, sie klangen so, als kämen sie nicht von außen auf ihn zu, aus dem Korb nebenan, sondern als wären sie eine Schallwolke in seinem eigenen Kopf.

Schon die Art, wie er sie frage... Einen Dreck interessiere er sich doch dafür, was mit Petra wirklich los sei... Warum sie nicht mehr mit ihnen rede... sie kaum noch ansehe...

Mein Gott, dachte er, was hab ich denn gefragt? Ob sie zusammen im Bett waren... Das war doch alles...

Ja, ja, ja, ob er sich denn nicht vorstellen könne, daß da vielleicht mehr gewesen sei..., mehr als Beischlaf eben..., so was wie Glück... Gefühle... Man hat doch immer Gefühle... Martha, ich habe doch auch Gefühle...

Georgs Protest blieb stumm.

»Aber auf diese Idee kommst du ja nicht«, schrie Martha statt dessen, und er hörte jetzt deutlich diese Stimme, die sich überschlug vor Bitterkeit. »Ich kenne das doch! Mit mir gehst du ja nicht anders um!«

Georg schüttelte so heftig den Kopf, daß das Wasser aus dem nassen Haar spritzte. Dann preßte er die Hände fest gegen den Schädel, als müsse er ihn festhalten.

»Was soll das jetzt, Martha«, flehte er seine Frau an. »Ich mache mir Sorgen um unser Kind! Sie ist schließlich erst fünfzehn!«

»Und ich bin neununddreißig.«

»Ich verstehe nicht, was das miteinander zu tun haben soll«, stotterte Georg, und es war nicht nur die feuchte Seeluft, die ihn einhüllte wie ein schwerer Mantel, die Seeluft, die seinen Atem unregelmäßiger werden ließ. »Hörst du, ich verstehe das nicht!«

Für eine Weile blieb es still in dem Korb nebenan, dann drang ein leises Wimmern durch das Flechtwerk zu ihm herüber, ein Schluchzen, das, lauter werdend, dem Regen bald die letzten Geräusche stahl. Martha weinte.

Unter Tränen sagte sie: »Ich versteh's doch auch nicht, Georg. Ich doch auch nicht...«

9

Mit einem heftigen Knall warf Petra die Tür hinter sich zu. Sie war immer noch wütend auf den Kellner unten in der Empfangshalle des Hotels, der ihr nachgestarrt hatte, als sie die Treppe hochgestiegen war, die zu ihrem Zimmer auf der ersten Etage führte.

»Pickelface!« rief sie laut und schleuderte ihre Sandalen gegen den Heizkörper unter dem Fenster. Natürlich war die Heizung nicht in Betrieb; Petra stellte es mit einem schnellen Griff fest, und auch ein Drehen am Thermostatknopf änderte daran nichts. Das ganze Zimmer war ausgekühlt. Eine Weile stand Petra ratlos neben ihrem Bett und schaute nach draußen. Der Hinterhof des Nebengebäudes, das jeden weiteren Blick verhinderte, sah durch die Sprossen des Fensterrahmens hindurch aus, als hätte ihn jemand in winzige Planquadrate aufgeteilt. Hier und da klebte noch ein Regentropfen am Glas.

Ich nehm eine Dusche, entschied Petra sich. Sie ging zu der Duschkabine hinüber, die neben dem kleinen Waschbecken eingebaut worden war, schob rumpelnd die aluminiumgefaßte Frontscheibe zur Seite und öffnete den Warmwasserhahn. Sofort füllte die Kabine sich mit heißem Dampf, der bald in dicken Schwaden an der Decke des Zimmers entlangkroch. Das Entkleiden machte Petra Mühe. Der enge Jeansrock scheuerte beim Herunterziehen an den Schenkeln, als habe er Widerhaken, und der Slip ließ sich nur noch wie eine Stoffwurst über die Füße rollen. Beim Versuch, das T-Shirt über den Kopf zu zerren, wünschte Petra sich, ihre Mutter wäre da und würde ihr helfen, wie sie es früher so oft getan hatte. Die dünne nasse Baumwolle klebte an ihr wie eine zweite Haut und krachte verdächtig in den Nähten.

Endlich hatte sie es geschafft. Sie stand nackt da, die drei Kleidungsstücke lagen wie ein Klumpen vor ihr auf dem Boden. Mit den Füßen schob sie Rock und Hemd auseinander und ließ sie dann achtlos liegen, nur den Slip hob sie auf und warf ihn ins Waschbecken.

Der Spiegel darüber war jetzt blind vom Wasserdampf. Petra sah es, obwohl sie nicht hatte hineinschauen wollen. Doch jetzt schrieb sie mit dem Zeigefinger den Namen Adrian auf den feuchten Film, dann trat sie zurück und beobachtete eine Weile, wie die Schrift aufs neue zerlief, bis sie nur noch zu ahnen war.

Petra gab sich einen Ruck und ging zur Dusche.

Vorsichtig mischte sie kaltes Wasser in den kochendheißen Strahl. Als die richtige Temperatur erreicht war, stieg sie in die Bodenwanne und richtete die Brause genau auf ihren Kopf.

Selten hatte Petra eine Dusche so genossen wie dieses Mal. Als das Wasser warm durch ihr Haar rann und den Körper hinunter, zog sie die Schultern hoch und drehte behaglich den Kopf hin und her. Dann legte sie den Kopf in den Nacken und hielt dem Duschstrahl so lange ihr Gesicht entgegen, bis die Haut zu prickeln begann. Und schließlich, entspannt gegen die Kabinenwand gelehnt, ließ sie das Wasser über die hervorgestreckten Brüste laufen, mit den Händen massierte sie ihre Brust dabei in sanften, kreisenden Bewegungen. Es war merkwürdig, aber zum ersten Mal hatte sie das Gefühl, als gehörten diese Brüste, die weiß aus dem Braun des Oberkörpers herausstanden, wirklich zu ihr.

Vielleicht sollte ich heute mal mit Mama und Georg zusammen zu Abend essen, überlegte sie, als sie endlich die Duschhähne zudrehte. Ich kann ja nicht für den Rest meines Lebens so tun, als gäbe es sie nicht mehr.

Dann fiel ihr jedoch wieder die Szene beim Mittagessen ein und die Art, wie Georg sie dabei behandelt hatte – das dämpfte ihren Entschluß. Ich weiß verdammt noch mal nicht, was mit ihm los ist, quälte sie sich, als würden seine Worte wieder laut auf sie niederprasseln. Er hat einfach keinen Draht mehr zu mir. Er behandelt mich schlimmer als ein kleines Kind… Für einen Augenblick blieb sie vor der Duschwanne stehen und fragte sich, ob es vielleicht auch an ihr liege, daß sie sich nicht mehr verstanden. Aber dann schüttelte sie den Kopf. Nein, irgend etwas mußte bei ihm ausgerastet sein, daß er sich so bescheuert benahm, so stur und unnachgiebig. Ja, und so war er ziemlich genau seit der Zeit mit Adrian.

Noch glänzend vom Wasser, das an ihr abperlte, ging sie zu ihrem Koffer, der nach wie vor unausgepackt im Schrank lag, und fischte ein frisches Sweatshirt, eine Unterhose und das paar Jeans heraus, das sie mitgenommen hatte. Sie verspürte jedoch noch keine Lust, sich abzutrocknen und anzuziehen. Sie warf die Sachen aufs Bett und öffnete erst einmal das Fenster. Dann hob sie Rock und T-Shirt vom Boden auf und klemmte sie vor dem Spalt, der ein wenig Wind und den Geruch der See hineinließ, über die Heizungsrippen.

Wenn wir abreisen, wird's wohl wieder trocken sein, sagte sie sich. Sie stellte sich vor den Spiegel und räkelte sich; die heiße Dusche hatte sie schläfrig gemacht. Adrians Name auf dem Spiegel war jetzt völlig verschwunden. Der Dampf zog nur noch in Schlieren über das Glas; Petra konnte sich allmählich wieder darin erkennen.

Was meinst du, Adrian, ob dieser Mundharmonikatyp was von mir will? Und wenn schon... ich hab doch dich..., Until it's time for you to go...

Der Titel dieses Liedes von Buffy Saint Marie, deren Songs sie so mochte, war ihr ganz plötzlich eingefallen. Bis es Zeit für dich ist, zu geh'n, flüsterte sie und lachte.

Nein. Hab keine Angst, Adrian. Das brauchst du nicht...

Petra warf sich aufs Bett. Sie krallte ihre Hände ins Kopfkissen und preßte das Gesicht hinein. Eine Weile lag sie regungslos da, dann drehte sie sich auf den Rücken, kroch unter das Oberbett und fixierte einen Punkt an der Zimmerdecke, bis die Struktur der weißen Rauhfaser vor ihren Augen zu tanzen begann.

Weißt du noch, Adrian, so haben wir oft den Nachmittag verbracht. Wir haben stundenlang in deinem Bett gelegen, du hast meine Hand gehalten, wir haben einen Fleck an der Decke angestarrt, bis er vor unseren Augen verschwommen ist, und dann haben wir verglichen, ob wir dieselben Figuren darin sehen. Oder deine Hand lag auf meiner Brust. Sie rührten dich, hast du immer gesagt, ich hätte rührende Brüste. Ich hab dich dann in den Bauch geboxt, weil ich... ja, ich war dann schon ein bißchen beleidigt, Adrian. Mein Busen ist nämlich überhaupt nicht klein. Ich hab bestimmt soviel wie meine Mutter. Ehrlich. Aber es ist mir auch völlig egal...

Hast du das eigentlich selbst auch bemerkt? Ich meine, dein Zimmer da unter dem Dach, das hat immer nach den Büchern gerochen, die überall herumlagen. Nach... ich weiß nicht, Papier, Druckerschwärze, wie Bücher eben riechen. Du hattest sie alle gelesen. Das hast du jeden-

falls behauptet, aber ich hab dir das nicht geglaubt. War mir auch wurscht. Ich weiß nur... Einmal hast du ganz aufgeregt ein Buch in diesem Haufen gesucht. Du erinnerst dich doch sicher noch daran. Du wolltest mir unbedingt eine Stelle daraus vorlesen. Von Brecht war es, glaub ich, ich habe die Stelle noch ziemlich genau im Kopf, ja, weil du danach... Also, wir haben zusammen geschmust, ganz lieb warst du zu mir, und plötzlich sprangst du auf und fingst voll Hektik an, in diesen Bücherstapeln herumzukramen. Und dann hast du dich mit dem Buch auf die Bettkante gesetzt... Da gibt einer seinem jüngeren Freund oder so ähnlich einen Rat wegen dessen Freundin: Wenn du mit ihr schläfst, so sagt er ihm, dann ist sie nur noch ein Haufen Fleisch, der kein Gesicht mehr hat. So ungefähr jedenfalls... Und dann hast du mich wieder so still angesehen, und dann hast du gelacht, wirklich gelacht, und mich in den Arm genommen, und wir haben uns liebgehabt. Und danach hast du mein Gesicht ganz fest zwischen deine Hände genommen und mir zugeflüstert, daß das bei mir ganz anders sei, ich wäre dadurch für dich erst richtig ganz geworden. Komisch, nicht, aber das war damals ja das erste Mal, daß wir zusammen geschlafen haben, und ich kann mich gar nicht mehr genau erinnern, wie es eigentlich war. Es ging auch so schnell, ja, als ob wir wochenlang nur darauf gewartet hätten, daß es geschieht. Dabei hatten wir nie davon gesprochen. Ich glaube, auch als wir es taten, hat keiner von uns ein Wort gesagt. Ich weiß nur noch, daß ich mich nicht getraut habe, dich zu fragen, warum du mir vorher diese Scheißstelle aus dem Buch vorgelesen hast.

Den Geruch in deinem Zimmer mochte ich übrigens nicht. Manchmal war es da richtig modrig. Ja, faul hat's gerochen, aber du hast ja auch nie den Vorhang weggezogen, geschweige denn mal ein Fenster aufgemacht.

In immer kürzeren Abständen senkten sich die Lider über Petras Augäpfel, eine wohltuende Müdigkeit schob sich über die Gedanken, ließ alles, an das sie sich erinnerte, wie hinter Milchglas erscheinen. Doch etwas hinderte sie noch daran, sich endgültig dem Schlaf zu überlassen, etwas, von dem sie nicht mehr wußte, ob sie damals mit Adrian darüber gesprochen hatte oder nicht.

Sie blinzelte wieder, während sie sich auf die Seite rollte und die Hände gefaltet gegen die Scham zwischen ihren warmen Schenkeln preßte. Das Zimmer lag in fahlem Nachmittagslicht da, der Fensterschacht malte verschwommen ein helldunkles Streifenmuster an die Wand. Noch ist es zu früh, dachte Petra, um wegen des Abendessens nach Martha und Georg zu sehen. Aber einen Versuch, den wollte sie später doch machen. Vielleicht klappte es, wenn auch sie ihnen ein bißchen entgegenkam.

In deinem Zimmer, Adrian, tanzte an solchen Tagen immer der Staub in der Luft. Hab ich dir das eigentlich erzählt, wie das war, als ich nach Hause kam, damals? Meine Mutter, ja, die muß irgendwie gespürt haben, daß ich mit dir geschlafen hatte. Sie ist mir schon in der Diele entgegengekommen. Richtig abgepaßt hat sie mich, weil Georg ja schon aus dem Büro zurück war und wahrscheinlich schon bei 'ner Tasse Kaffee im Wohnzimmer saß, die muß sie ihm nach der Arbeit immer als erstes machen. Und weißt du, was sie gesagt hat? Mein Kind, mach dich nicht unglücklich! Das war alles! Und ich hab ganz auf artige Tochter gemacht. Nein, ich mußte das überhaupt nicht spielen, ich hatte einfach das Bedürfnis. Ich hab meine Mutter in den Arm genommen und sie ganz fest gedrückt. So wie ich eigentlich nur eine Freundin umarme, wenn die mal Trouble hat wegen 'nem Jungen oder so, also, wenn ich sie trösten will. Aber meine Mutter hat das echt nicht aushalten können, sie hat mich weggestoßen, ziemlich heftig sogar, und ist wieder reingegangen. Wir sagen Vater nichts davon, hörst du, hat sie noch gesagt, und das war mir auch ganz recht so, denn davor hatte ich richtig großen Bammel, mich mit dem auf 'ne Diskussion einlassen zu müssen.

Nur erleichtert war ich, ehrlich gesagt, auch nicht. Die Stimme meiner Mutter war so komisch gewesen. Überhaupt nicht so, als hätten wir jetzt ein Geheimnis oder so was zusammen gehabt. Ich glaube, sie wollte das einfach nicht wahrhaben. Sie wollte das aus der Welt haben. Du sagst nichts, ich sag nichts – also ist auch nichts passiert. Aber vielleicht habe ich mir das auch nur eingeredet. Vielleicht war ihre Stimme immer so.

Until it's time for you to go... Du hast dieses Lied auch oft gehört, Adrian, aber es war nicht dein Lieblingslied. Du wolltest kein Lieblingslied, hast du immer gesagt. Du warst überhaupt nicht so für Musik. Musik macht einsam oder führt zum Massenwahn, hast du mir einmal erklärt. Sie trennt die Seele vom Verstand. O Gott, hast du manchmal einen Blödsinn geredet. Aber... ich hab dich trotzdem lieb.

10

»Kannst du bitte mal auf deine Uhr sehen, Georg?«

Martha ging eingehakt neben ihrem Mann. Seit sie den Strand verlassen hatten, war noch kein Wort zwischen ihnen gefallen. »Ich glaube, meine ist stehengeblieben«, fuhr sie fort. »Sie ist völlig beschlagen unter dem Glas.«

Georg schob automatisch den linken Ärmel hoch und schaute auf sein Handgelenk.

»Herrgott«, platzte er dann heraus. »Ich trage doch gar keine Uhr im Urlaub! Das weißt du doch!«

Sie zog die Nase hoch, zwei-, dreimal, und murmelte eine Entschuldigung.

»Du hast dich doch nicht etwa erkältet?« Ihr Mann beugte sich vor, um ihr ins Gesicht zu sehen, doch sie drehte den Kopf zur Seite.

»Nein«, sagte sie. Und nach einer Weile: »Ich will nur zurück jetzt!»

Sie gingen schweigend weiter. Warum ist er bloß so abweisend, dachte Martha. Warum sagt er nichts? Irgend etwas, das mich aufmuntert? Irgend etwas Nettes, und wenn es gelogen ist. Er muß doch spüren, daß ich völlig durcheinander bin. Dieser Holzklotz. Schließlich heule ich nicht jeden Tag.

Ein Hund lief quer vor ihnen über die Uferpromenade, ein mittelgroßer Mischling. Wenige Meter vor ihnen blieb er stehen und hob witternd den Kopf in ihre Richtung. Dann trottete er weiter, mit seltsam schräg versetzten Hinterläufen. Martha zog ihre Hand aus Georgs Armbeuge und ging schneller. Sie fühlte, daß ihr wieder die Tränen in die Augen stiegen.

Sie hatte schon fünf, sechs Meter Vorsprung, als sie merkte, daß Georg nicht mehr hinter ihr war. Als sie sich zu ihm umdrehte, stand er mitten auf dem Pflaster, die Hände in die Hüften gestemmt.

»Warum gehst du nicht weiter?« rief sie ihm zu.

Er überhörte ihre Frage. »Was ist los mit dir?« herrschte er sie an. In einem so schroffen Ton hatte er schon lange nicht mehr mit ihr gesprochen.

Er soll mich nicht anschreien, durchfuhr es sie, nicht schreien. Ich würd's ihm ja sagen, wenn ich's doch nur selber wüßte... Sie starrte hilflos auf ihre Schuhspitzen, die vom Regen weiße Kränze zogen.

»Rede endlich!«

Sie hörte ihn näher kommen. Platsch, platsch machten seine Schuhe auf dem nassen Stein, platsch, platsch. Ein lächerliches Geräusch für einen erwachsenen Mann, dachte sie. Als er direkt vor ihr stand, blickte sie hoch. Seine Wangenknochen traten hervor und die Muskeln darunter zuckten, so sehr preßte er die Kiefer aufeinander.

Merkwürdig, wie Martha ihn so wütend dastehen sah, durchströmte sie plötzlich eine große innere Ruhe.

»Ich weiß nicht mehr, warum wir hier sind«, sagte sie und sah ihm dabei fest in die Augen. »Begreifst du? Ich weiß es einfach nicht mehr!« Mit Genugtuung stellte sie fest, daß ihn die Antwort verblüffte. Seine Augen weiteten sich, die Spannung in seinem Gesicht wich, er ließ es sogar zu, daß sein Mund sich öffnete.

»Sag das noch mal«, stotterte er.

»Warum? Du hast mich doch genau verstanden, Georg.« Martha fühlte sich mit einem Mal überlegen. Sicher, sie war in der letzten Zeit nicht gerade entgegenkommend gewesen, ihr Mann hatte es schwergehabt mit ihr. Richtig zickig bin ich, hatte sie mehr als einmal selbstquälerisch ihren Zustand benannt, ohne jedoch die Kraft zu finden, etwas dagegen zu unternehmen. Sie hatte immer das Gefühl gehabt, sich in einer Art Notwehrsituation zu befinden. Wogegen sie sich allerdings wehren sollte, war ihr nicht klar gewesen. Sie war einfach unzufrieden, zerrissen zwischen Georgs Erwartungen und denen ihrer Tochter, die sie nicht einmal mehr zu definieren wußte. Allein gelassen hatte sie sich gefühlt, von ihm genauso wie von Petra. Natürlich schmerzte dieses Gefühl auch jetzt noch, stärker sogar als zuvor, aber sie würde seinen Ursachen auf den Grund gehen, das wußte sie jetzt, und das gab ihr dieses neue Gefühl von Zuversicht. Ab jetzt kann es nur noch besser werden, sagte sie sich.

»Ich weiß, Georg«, wandte sie sich an ihren Mann. »Es war meine Idee. Ich hab gesagt, das Kind braucht Abstand.«

»Allerdings! Es war deine Idee! Ich bin ja nicht mal gefragt worden, ob ich überhaupt weg kann im Büro!« Georg schnaufte aufgebracht. »Du bist doch dagestanden mit fertiggepackten Koffern!«

»Ich weiß! Ich weiß! Ich hab dich unter Druck gesetzt. Aber ich hab's nun mal nicht mehr ausgehalten! Du hast ja keine Ahnung, was in den letzten Tagen zu Hause los war. Petra hat so getan, als hätten wir die Schuld…«

»Das ist doch lächerlich«, unterbrach er sie; seine Hände stießen in die Luft, als wollten sie nach etwas greifen, das plötzlich vorbeiflog.

»Natürlich ist es lächerlich«, sagte sie schnell und ohne große Überzeugung. »Aber vielleicht gehst du erst mal weiter! Es müssen ja nicht alle mitkriegen, daß wir uns streiten!«

Ein vielleicht dreizehnjähriger Junge, bekleidet mit einer weißen Hose und einem schwarzen Hemd, war auf die Terrasse des Restaurants getreten, vor dem sie standen, und sah neugierig zu ihnen herüber. Georg schien ihn noch nicht bemerkt zu haben, oder es kümmerte ihn nicht.

»Wir streiten doch, seit wir hier sind«, gab er zurück. »Das heißt, du streitest mit mir!« Wieder ruderten seine Arme durch die Luft, beschrieben einen großen Bogen. »Die ganze Insel weiß das schon!«

Martha glaubte zu sehen, wie der Junge den Kopf schüttelte, jedenfalls schaute er zum Himmel hoch. Dann zog er ein Küchenhandtuch aus dem Hosenbund, rückte einen der an den Tisch gelehnten Stühle auf seinen Platz und begann, die Sitzfläche trockenzureiben, nicht ohne zuvor das bunte Tuch wie eine Fahne im Wind ausgeschlagen zu haben. Es hatte ausgesehen, als winkte er Martha damit zu.

»Mit dir kann man einfach nicht reden«, sagte sie resigniert. »Entweder du übertreibst wahnsinnig, oder du zergehst vor Selbstmitleid. Oder beides zusammen. Am

Ende bist du jedenfalls immer der Unschuldige!« Sie drehte sich abrupt um. Sie wollte dieses sinnlose Gespräch beenden, endlich weitergehen, zum Hotel, eine Dusche nehmen und sich umziehen. Vielleicht haben wir uns danach wieder beruhigt, hoffte sie. Doch Georg hielt sie am Ärmel fest.

»Einen Augenblick«, sagte er unterdrückt. »Ich habe mich wohl verhört? Du willst doch nicht etwa mir die Schuld geben, wie? Dir ist doch wohl klar, daß wir..., also, wenn ich nicht so eingehen würde auf deine Launen, auf deine Verletzbarkeit...«

Seine Hartnäckigkeit machte Martha aggressiv.

»Verletzbarkeit?« fiel sie ihm ins Wort. »Dir fällt auf, daß ich verletzbar bin?«

»...wir hätten doch längst den größten Krach!« Er wollte seinen Satz beenden, doch ihr Lachen platzte ihm ins Gesicht, bevor er das letzte Wort ausgesprochen hatte.

»Was willst du? Daß ich mich auch noch bedanke bei dir?« Martha riß sich los. »Mein Gott, Georg! Du bist wirklich die Einfühlsamkeit in Person«, sagte sie leise und ließ ihn einfach stehen. Als sie in die Seitenstraße zum Hotel einbog, flog dicht vor ihr eine Möwe auf. Das Geschrei, mit dem sie davonstob, klang wie Hohn.

»Scheißvogel«, schimpfte Martha laut. Sie zitterte, so sehr hatte sie der Seevogel erschreckt, der sich jetzt schnell höher schraubte in der Luft, Richtung Meer.

11

War es Traum oder Wirklichkeit? Die Sonne stand so hell am Himmel, daß der Muschelkamm, den die Flut über den Strand gezogen hatte, glitzerte wie eine lange Kette kostbaren Geschmeides. Das Licht des Mittags lag warm und klar über der Insel, kein Windhauch regte sich, und die leichte, silbrige Brandung rollte fast ohne ein Geräusch über den trockenen Sand, rollte vor und zurück, gleichmäßig wie der leise Atem eines Schläfers. Die Stille war unwirklich, doch sie machte Petra keine Angst. Im Gegenteil, sie war wie ein loser Umhang, wie eine flauschige Decke, die Petras Nacktheit verhüllte, so daß es unwichtig geworden war, ob sie allein an der Flutlinie entlangging oder eingereiht in einen Schwarm anderer Menschen. Niemand würde ihre Nacktheit sehen, wie sie mit erhobenem Kopf genau auf die Sonne zuging; sie hatte das Gefühl, als sei sie vollkommen unsichtbar.

So – oder zumindest so ähnlich – hatte sie sich als Kind oft das Paradies vorgestellt. Allerdings waren ihre Eltern da noch an ihrer Seite gewesen, die Mutter links, mit lang fallendem Haar, das ihr um die Schultern wehte, und rechts der Vater, noch ohne Brille damals und groß und schlank wie ein Prinz aus dem Märchenbuch. Aber sie waren trotzdem ganz normale Eltern. Sie hielten sie fest an den Händen und hoben sie lachend durch die Luft, drei Meter, vier Meter: Flieg, Engelchen, flieg. Und Petra strampelte und schrie vor Vergnügen und kreischte erbost, als Georg und Martha sie nach einer Weile behutsam landen ließen. Und dann wurde sie älter mit jedem Schritt, den sie jetzt wieder allein weiterging.

Trotzdem, so lange konnte das doch noch gar nicht her sein, dachte sie, während sie sich zu der Kette neben ihren Füßen hinabbeugte, um vorsichtig einen besonders schillernden Stein aufzuheben und zwischen den Fingern zu drehen, daß er noch mehr blitzte als zuvor. Aber es war nur eine in der feinen Zahnung schon angebrochene Muschelschale, die sie da aus dem Sand geklaubt hatte. Als sie sie der Sonne entgegenhielt, sah sie aus wie Adrians Profil. Nun, damit hatte sie gerechnet, es überraschte sie nicht – aber ein Balkenkreuz, kaum auszumachen in seinen Umrissen, das hatte doch noch nie vor der Sonne gestanden? Sie schloß für einen Moment die Augen und sah ein zweites Mal hin: Das Kreuz war immer noch da, aber jetzt hing es noch verschwommener in der flirrenden Luft und hob und senkte sich, als trüge es jemand vor ihr her.

Folgte sie etwa einer Prozession? Aber nein, dazu fehlte etwas. Auch wenn sie die Menschen um sich her nicht sah, sie ebensowenig erkennen konnte wie diese sie, so fehlte doch das gleichmäßige Geraune, mit dem sie stockenden Schrittes ihre Gebete vor sich hin sprachen, auch Gesang, der weniger eintönig als die Gebete durch die blumengeschmückten Straßen drang. Zudem vermißte Petra den typischen Geruch solcher feierlichen Umzüge, Weihrauch und Staub und links und rechts der frische Duft der Kleider, die eigens zu diesem Anlaß angelegt worden waren. Aber es riecht ja sowieso nach nichts in dieser Stille heute. Nein, nach nichts. Und plötzlich hat Petra Angst – sie packt sie wie eine eiskalte Hand. Eine Beerdigung, schießt es ihr durch den Kopf, eine Beerdigung könnte es sein. Lieber Gott, mach, daß es nicht wahr ist. Aber da liegt er, der Tote: Ja, Adrian, so schnell verwandelt sich das Paradies in einen bösen Traum. In all dieser Stille, über die die Sonne hinweggefegt ist, haben sie ihn stumm aus dem Wasser gezogen und zwischen den Weiden am Ufer aufgebahrt. Es brennt nur eine einzige Kerze. Und sie steht mit fest auf den Mund gepreßten Händen da und Augen, groß und leergeweint. Aber plötzlich – noch weiß Petra nicht, wo sie herkommt – ist doch eine Stimme da: Ich weiß, ich tue dir unrecht, mein Kleines, flüstert sie. Und dann erkennt Petra die Stimme, es ist die ihrer Mutter. Sie sitzt auf der Bahre neben dem kalten Körper. Das weiße Tuch hat sie zur Seite geschoben, so daß es eine dicke Falte wirft, und für einen kurzen Augenblick kitzelt ihr Haar Petras Wange, so tief hat sie sich hinabgebeugt. Ich weiß es doch, flüstert sie noch einmal, aber ich hatte immer Angst vor dem Tag, an dem du von mir fortgehst. Ich wollte ihn hinauszögern, ich wollte nicht, daß du mich alleinläßt... Aber das tu ich doch nicht, Mama, niemals, will Petra sagen, doch die Worte wollen nicht zustande kommen auf ihren Lippen. Und die Mutter fährt fort mit dieser traurig-leisen Stimme: Du hast mich bereits verlassen, sagt sie, du bist jetzt bei ihm. Dann löst sich das Bild der Mutter auf; wie eine Schattensäule schwebt sie durch den Raum. Das Tuch, auf dem sie saß, liegt weiß und glatt. Hatte sie, bevor sie ging, noch Petras Stirn sanft mit der Hand berührt? Die Tochter weiß es nicht. Wie kann ich bei ihm sein? Er ist doch tot, will sie dem Schemen, der jetzt in einer halbgeöffneten Tür zu verharren scheint, noch nachrufen, doch wieder bilden sich die Sätze nur in ihrem Kopf, der Mund bleibt wie verschweißt.

Stille. Und auch die Bahre ist verschwunden, der Tote, die Weiden am Bach. Ein dichter Nebel zieht vor Petras Augen vorbei, schneller und schneller; er beginnt sich zu drehen, um einen dunklen Punkt zu kreisen, der sich mehr und mehr entfernt.

12

Georg saß bei dem alten Ehepaar am Tisch, als Martha den Speisesaal betrat, der längst für das Abendbrot gedeckt war. Die Frau, noch bleicher als sonst, goß ihrem Mann, der ihr gegenüber seinen Rollstuhl so weit wie möglich unter den Tisch geschoben hatte, gerade eine Tasse Tee ein. Ihre Hand schien nur noch von einem blauen

Adernetz zusammengehalten zu sein und zitterte leicht, während die gelbliche Flüssigkeit aus der Kanne rann und den Zucker auf dem Boden des Porzellans klirren ließ.

»Hätte nichts dagegen, wieder mal 'ne Runde Skat zu spielen«, meinte der Alte zu Georg gewandt und ließ dabei den größten Teil seiner Worte in dem schmatzenden Geräusch untergehen, das seine übertriebenen Kaubewegungen verursachten. Das Brot, von dem er abgebissen hatte, war dreifach mit Wurst belegt. »Die Abende können ganz schön langweilig sein«, fügte er mit einem schiefen Blick auf seine Frau hinzu.

Georg nickte beifällig. »Ich fürchte nur, uns fehlt der dritte Mann«, sagte er dann achselzuckend. »Es sieht so aus, als sei er abgereist. Ich hab ihn jedenfalls schon länger nicht mehr gesehen.«

Überhaupt hatte Georg den Eindruck, als leere sich das Hotel von Tag zu Tag mehr. Immer weniger Tische im Speisesaal versteckten ihre blanken Resopalplatten unter einer Stoffdecke. In der Nähe des Durchgangs zur Küche saß noch eine jüngere Familie mit zwei kleinen Kindern, einem Jungen und einem Mädchen, die von ihren genervten Eltern immer wieder zur Ruhe ermahnt wurden – an die erinnerte Georg sich –, aber das junge Paar, das man in die entgegengesetzte Ecke des Raumes, am Fenster, plaziert hatte, war ihm zuvor nie aufgefallen. Vielleicht sind sie auf der Rückreise von einer anderen Insel und machen nur noch einen Stopp hier, dachte er bei sich, die Saison geht ja zu Ende.

»Möchten Sie auch eine Tasse Tee?« unterbrach die alte Frau seine Überlegungen.

Georg fühlte im gleichen Augenblick Marthas Hände auf seinen Schultern. Er drehte den Kopf und sah zu ihr hoch.

»Kommst du?« forderte sie ihn auf. »Ich bin hungrig!« Dann nickte sie der Frau und dem Mann zu und wünschte beiden einen guten Appetit.

»Das wünsche ich Ihnen auch«, gab die Frau mit dünner Stimme zurück. »Und herzlichen Dank für Ihre Gesellschaft, auch wenn sie nur kurz war!« Sie gab Georg über den Tisch hinweg ihre zerbrechliche Hand und hielt die seine wie versunken eine Weile fest.

Als Georg sich endlich von seinem Stuhl erheben konnte, meldete sich auch der alte Mann noch einmal zu Wort. »Ihre Frau kann wohl auch keinen Skat?« vermutete er abschätzig und biß erneut in sein Brot, ohne auf Georgs Kopfschütteln zu achten. Georg tat so, als habe er die Anspielung überhört.

Martha ging zu dem Tisch, der ihnen bei ihrer Ankunft zugewiesen worden war, ihr Mann folgte ihr. Ihm fiel auf, daß sie kleiner wirkte als sonst, und nach vier, fünf Schritten stellte er auch den Grund fest. Sie hatte beim Umkleiden die hochhackigen Schuhe, die sie normalerweise trug, gegen flache, bequeme Sandalen ausgetauscht.

»Hast du nachgeschaut, ob Petra da ist?« fragte er, nachdem sie sich gesetzt hatten. Umständlich breitete er die Serviette auf seiner frischen Hose aus.

»Sie schläft, tief und fest!« Martha hatte unwillkürlich die Stimme gesenkt, so, als befände sie sich mit der Schlafenden noch in einem Raum. »Ich hab's nicht übers Herz gebracht, sie zu wecken«, flüsterte sie.

Mit einer schnellen Bewegung, so graziös, als führe sie einen Zaubertrick vor, zog sie das karierte Tuch von dem Brotkorb, der zusammen mit verschiedenen Marmeladen und kleinen, abgepackten Portionen Butter schon auf dem Tisch stand.

»Oh, Knäckebrot gibt's auch wieder«, bemerkte sie dann mit einem kurzen Lachen. »Ich denke, dabei bleibe ich heute abend!«

Herrgott, dachte Georg, sie wird doch nicht plötzlich auch noch einen Tick mit ihrer Figur kriegen. Während sie Butter aufs Brot strich, langsam und vorsichtig, damit es nicht brach, betrachtete er sie, aber er wußte, daß es alles andere als ein liebevoller Blick war, mit dem er sie bedachte. Zu sehr noch nagte der Ärger, den sie auf dem Heimweg miteinander gehabt hatten, in ihm. Ihr hingegen, das mußte er mißmutig anerkennen, sah man von dem Streit nichts mehr an. Vielleicht, so ging es ihm durch den Kopf, war das die Wirkung der Dusche, die sie genommen hatte. Oder nein, eher noch kam es von diesem hingebungsvollen Massieren und Eincremen der Haut danach, oder sogar von dieser lächerlichen Gesichtsmaske, die noch wie weißer Schorf an ihr klebte, als er sich ebenfalls abgebraust und umgezogen hatte und schon ungeduldig hinunter in den Speisesaal gegangen war. Ihre Haut wirkte entspannt und schimmerte leicht gerötet, ein Schimmer, der ihre Wangenknochen und das Blau ihrer Augen betonte und dem ganzen Gesicht einen selbstbewußten Ausdruck verlieh. Das Haar hatte sie gefönt und trug es im Nacken hochgesteckt. Auch das war etwas Neues.

»Ist etwas? Warum starrst du mich so an?«

Martha hatte wohl gespürt, daß sie beobachtet wurde, und sah ihren Mann mit einem hintergründigen Lächeln an. Sie macht sich lustig über mich, durchfuhr es ihn. Sein Zeigefinger zielte wieder nervös auf den Nasenbügel seiner Brille. Er wußte nicht, was er seiner Frau entgegnen sollte. Zum Glück machte das Erscheinen des Kellners eine Erklärung überflüssig. Zumindest für den Augenblick.

»Möchten die Herrschaften Tee oder Kaffee?«

Der Ton seiner Frage verriet die Routine. Georgs Laune bekam einen zusätzlichen Dämpfer – so wollte er nicht behandelt werden. Der wird nie Karriere machen im Gastgewerbe, urteilte er für sich, während er zusah, wie der junge Mann mehr oder weniger geschickt zwei Silberimitatplatten mit Wurst und Käse auf den Tisch gleiten ließ.

»Kann ich auch ein Bier haben?« fragte er provozierend.

»Selbstverständlich, der Herr«, antwortete der Kellner gleichgültig und zog Notizblock und Kugelschreiber aus seiner Jacke. »Allerdings nur auf eigene Rechnung. In unserem Vollpensionsangebot sind nur Tee oder Kaffee enthalten!«

Georg warf Martha einen Blick zu, aber sie schien mit dem Muster ihrer Tasse beschäftigt zu sein. Das junge Paar ein paar Tische weiter, so glaubte er aus den Augenwinkeln sehen zu können, beobachtete die Szene. Er hatte sogar den Eindruck, als könne das Mädchen nur noch mit Mühe ein Kichern unterdrücken.

»Darf ich das Bier jetzt notieren?« ließ sich der Kellner hören. Er hielt den Kugelschreiber schreibbereit über dem Papier. Bevor Georg antworten konnte, meldete sich jedoch Martha.

»Ich nehm Tee«, sagte sie, und zu Georg gewandt: »Wie wär's doch mit Kaffee, mein Lieber? Du trinkst doch abends immer Kaffee!«

»Einmal Tee also, und einmal Kaffee!« Der Kellner machte sich entsprechende Zeichen auf seinen Block.

»Und das Fräulein Tochter? Wissen wir das auch schon?«

Jetzt reichte es Georg. Er riß die Serviette vom Schoß und knüllte sie wütend auf den Tisch.

»Hören Sie, junger Mann«, sagte er scharf. »Sie werden noch früh genug erfahren, was meine Tochter trinkt. Und jetzt besorgen Sie meiner Frau den Tee und mir gefälligst das Bier! Und mir ist es völlig egal, ob Sie's auf meine Rechnung setzen oder nicht, verstanden?«

Seine Stimme war so laut geworden, daß selbst die Kleinen an dem Tisch in der Nähe des Küchendurchgangs vor Schreck ihr Geplapper eingestellt hatten. Auch auf den Kellner hatte sie offensichtlich ihre Wirkung nicht verfehlt. Er nickte zwar noch einmal, mit spöttisch hochgezogener Lippe, wie Georg fand, machte dann aber auf dem Absatz kehrt und ging. Nur Martha schien nicht sonderlich beeindruckt; sie sah ihren Mann an, als wollte sie ihn fragen, ob dieser Ausbruch wirklich nötig gewesen sei.

»Demnächst erklärst du diesem Schnösel noch, daß ich schon drei Bier getrunken habe, ja?« fuhr Georg sie immer noch gereizt an. »Ein viertes könnte gefährlich werden für mich, wie? Ist es das, was du hier klarmachen willst?«

Statt zu antworten, stach Martha eine Zacke ihrer Gabel in die oberste Käsescheibe; sie ließ diese eine Weile über ihrem Knäckebrot pendeln, bis sie von selbst herunterfiel.

Georg preßte leise einen Fluch zwischen den Lippen hervor und griff dann ebenfalls zum Brotkorb. Als der Kellner wenig später die Getränke brachte, überließ er es seiner Frau, sich dafür zu bedanken. Und das nicht nur, weil er mit dem Stachelkopf, wie er ihn insgeheim titulierte, nichts mehr zu tun haben wollte; er wagte nicht aufzuschauen, weil er die Blicke der anderen Hotelgäste fürchtete, die er immer noch auf sich gerichtet spürte.

Eine Weile aßen sie schweigend ihr Brot. Martha nippte hin und wieder an ihrem Tee, Georg nahm schon zum dritten Mal einen kräftigen Schluck von seinem Bier und füllte das große Pilsglas mit dem Rest aus der Flasche. Wenn er schluckte, hörte es sich im Innern seines Halses an wie eine kleine Explosion.

»Prost! Zum Wohlsein!« hörte er plötzlich die Stimme des alten Mannes im Rollstuhl hinter sich. Er drehte sich um und sah, daß der Mann, der wie ein Gnom hinter seinem Eßplatz hockte, ihm ein Bierglas entgegenstreckte. »Ich hab's Ihnen nachgemacht«, rief der Alte herüber. »Tee ist doch was für alte Weiber!« Dabei lachte er dröhnend.

Die Frau an seiner Seite lächelte verlegen und winkte zaghaft mit der Hand. Es wirkte wie ein hilfloser Versuch, das Verhalten ihres Mannes zu entschuldigen. Als Georg sich wieder über seinen Teller beugte, konnte er gerade noch sehen, daß seine Frau zurückwinkte.

Draußen trieb eine stärkere Brise die Wolkendecke auseinander. Nicht daß Georg hinausgeschaut hätte – er schloß es aus dem goldgelben Licht, das mit einem Mal durch den Raum flutete und Marthas Haar strahlen ließ.

Martha saß mit dem Rücken zum Fenster, und genau auf diese Stelle schien die tiefstehende Sonne, die vielleicht zum letzten Mal für heute die Gelegenheit erhielt, sich zu zeigen, ihre spärlich werdende Kraft zu konzentrieren.

»Sieh mal«, sagte Martha. Sie legte eine Hand auf seinen Arm, mit der anderen deutete sie an ihm vorbei auf die Eingangstür in seinem Rücken. Die große Glasscheibe in dem Aluminiumrahmen glänzte wie poliertes Messing. Marthas Finger zeichneten kleine Kreise auf Georgs Handrücken. »Ist das nicht ein wunderschönes Licht? Fehlt nur noch der Mozart, den sie sonst immer spielen...«

»Ja«, gab er zurück, fast ohne Stimme. »Du hast recht, es ist wunderschön.« Er nahm seine Brille ab und knetete mit Daumen und Zeigefinger die Augenbrauen.

»Soll ich dir noch ein Bier bestellen?« fragte Martha.

Georg, der ohne seine Brillengläser das meiste um sich herum nur verschwommen wahrnahm, schien es, als ob sie dabei lächelte. Jetzt griff auch er nach ihrer Hand und drückte sie leicht. »Du bist doch die Beste«, flüsterte er.

»Ich versuch's jedenfalls zu sein.«

Auch sie war ganz leise geworden, die Worte zitterten zwischen ihren Lippen. Herrgott, wie sie mich ansieht, dachte Georg. Er konnte diesen Augen, die sich in ihn hineinzusenken schienen, nicht lange standhalten. Hastig setzte er die Brille wieder auf; bloß keine Tränen jetzt, die Welt mußte wieder klar werden. Martha ließ das Bierglas an der Flasche erklingen und forderte so den Kellner auf, eine neue zu bringen. In dem Augenblick, als er damit aus dem Küchendurchgang zurückkam, schoß auch Petra in den Speisesaal.

»Ich krieg 'ne Cola!« rief sie dem Jungen zu, der daraufhin sofort wieder umdrehte. Petra ließ sich auf den freien Stuhl am Tisch fallen und sah in die erstaunten Gesichter ihrer Eltern.

»Ist was?« fragte sie und nahm sich ein Brot aus dem Korb.

13

Als Petra auf die Uferpromenade einbog, vergaß sie vor Überraschung für einen Augenblick zu atmen. Auf den Steinplatten lag jener kupferne Glanz, den man nach einem Regentag manchmal zu sehen bekommt, kurz vor dem endgültigen Einbruch der Abenddämmerung, wenn die Sonne wie eine riesige fahlrote Tomate über den Horizont rollt.

Beeindruckt von dem Sonnenuntergang blieb Petra eine Weile stehen und schaute die breite Uferstraße hinunter. Die Neonreklamen an den Gebäuden waren schon eingeschaltet; die höher am Himmel montierten signalisierten Hotels und Restaurants, etwas niedriger, doch dafür um so greller in den Farben, hingen die Leuchtschriften der Boutiquen und kleineren Cafés. Ganz in Petras Nähe stand in flackerndem Pink Melanies Lädchen an der Hauswand.

Das Licht aus den Schaufenstern des Geschäfts streute hellere Flecken auf das Kupfer der Straße, und auch die halbhohen Laternen, die rings um die Terrassen der Lokale brannten, wetteiferten mit der merkwürdigen Färbung, in die der beginnende Abend die Umgebung getaucht hatte. Sicher war es Einbildung, aber Petra schien es, als träten die wenigen Spaziergänger, die zu dieser Stunde noch einmal einen Blick von der Promenade auf das Meer werfen wollten, besonders behutsam auf.

Sie umschlang sich selbst mit den Armen, rieb zwei-, dreimal mit den Händen über Oberarm und Seite und ging weiter. Ihr war kalt geworden, wie sie so dagestanden hatte. Der Wind trug jetzt eine leise Schärfe in sich, die Luft schmeckte stärker als sonst nach See und Tang. Zum Glück hatte Petra Marthas Rat befolgt und ihre hellblaue Jeansjacke über das Sweatshirt gezogen.

»Wirst du noch mal fortgehen heute?« hatte die Mutter wissen wollen, nachdem alle drei das Abendbrot verhältnismäßig schnell und ohne viel miteinander zu reden beendet hatten.

Die Atmosphäre am Tisch, das hatte Petra gespürt, war irgendwie gespannt gewesen, aber es war eigentlich keine bedrückende Spannung. Es war nur so, als warte jeder darauf, daß der andere etwas sage oder tue, was den Zustand des Abwartens beenden würde. Vielleicht, so hatte sie sich gesagt, lag es auch daran, daß sie plötzlich mit den Eltern am Tisch saß. Georg war dadurch unsicher geworden; sie hatte mehr als einmal über ihr Brot hinweg sehen können, daß er sie richtig belauerte. Aber er hatte wenigstens nicht wieder an ihr herumkritisiert. Darüber war sie schon froh.

Der Kellner war übrigens nicht mehr aufgetaucht. Martha hatte die Getränke sogar noch einmal anmahnen müssen, bevor das Bier und die Cola schließlich von einem jungen Mädchen mit weißer Spitzenschürze gebracht wurden.

»Und was habt ihr vor?« hatte Petra sich bei den beiden erkundigt, nachdem sie mit der Jacke wieder aus ihrem Zimmer heruntergekommen war. An den Blick, den ihr Vater daraufhin der Mutter zugeworfen hatte, erinnerte sie sich jetzt noch. Er hatte sie fast unterwürfig angesehen, als bitte er sie um etwas, von dem er von Anfang an wußte, daß sie es ihm nicht erfüllen konnte. Nun, das waren Probleme, die ihre Eltern hatten – sie hatte ihre eigenen.

»Komm bitte nicht zu spät zurück«, hatte Martha die Tochter ohne eine Antwort auf ihre Frage verabschiedet und sogar versucht, ihr einen Kuß auf die Wange zu drücken, doch Petra hatte die gespitzten Lippen früh genug gesehen und schnell den Kopf zur Seite gedreht. Mit den Eltern zusammen ein Brot zu essen, bedeutete ja noch nicht, daß man auch die alten Vertraulichkeiten wieder haben wollte. Doch jetzt bedauerte sie ihre Reaktion ein wenig. Ein Kuß war schließlich ein Kuß. Was mag aus ihm geworden sein, fragte sie sich, er war doch schon auf dem Weg, dieser Kuß, und vielleicht sucht er in dem öden Speisesaal jetzt immer noch nach einem Platz, auf dem er landen kann.

Ohne daß es ihr bewußt geworden war, hatte Petra inzwischen zum zweiten Mal die Front des Billardsalons passiert. Eine Kette silberner Glühbirnen rahmte den Eingang, über dessen Wölbung die Buchstaben einer Neonschrift hingen, die jedoch offensichtlich defekt war. Petra wußte, daß die steilen Glasbuchstaben die Wörter Billardcafé Casablanca ergaben. Sie hatte den Namen tagsüber oft gelesen und bisher vergeblich versucht, eine Verbindung zu dem Film Casablanca mit Humphrey Bogart herzustellen; den Film hatte sie mal mit Adrian gesehen. Soweit sie sich erinnern konnte, hatte es darin keine Szene mit Billard gegeben. Natürlich war ihr klar, warum sie hier schon zum zweiten Mal vorbeistrich, auch wenn sie es sich nicht recht eingestehen wollte. Aber diese seltsame Unruhe, die sie seit dem Erwachen am späten Nachmittag jedesmal überkam, wenn sie an ihr Erlebnis in den Dünen und auf dem Heimweg dachte, klopfte jetzt noch heftiger in ihr. Der Junge, der hier in der Tür gestanden hatte, ging ihr einfach nicht aus dem Kopf.

Einen Moment lang spielte sie mit dem Gedanken, einfach in das Café hineinzugehen. Aber was um Himmels willen sollte sie machen, wenn der Typ mit der Mundharmonika tatsächlich da war? Und sie womöglich ansprach? Sie konnte ihm ja schlecht erklären, daß sie Billard spielen wollte; davon hatte sie wirklich keine Ahnung. Nein, sie würde wahrscheinlich vor Scham im Boden versinken. Dieses Risiko, entschied sie, durfte sie auf keinen Fall eingehen. Und überhaupt, was sollte die ganze Aufregung, sie war ja gar nicht interessiert an dem Jungen, oder? Sie wollte nur einmal aus der Nähe sehen, wer sie da so idiotisch anzumachen versucht hatte.

Während Petra sich so in ihren eigenen Überlegungen verstrickte, war sie langsam auf das Gebäude zugegangen und stand jetzt zögernd vor den halbrunden Stufen, die zu dessen Eingang hochführten. Aus dem Innern des Cafés drang verlockend der Gesprächslärm junger Leute, hin und wieder war Gelächter zu hören, und in unregelmäßigen Abständen übertönte das harte Klacken der Billardkugeln jedes andere Geräusch. Dem Zusammenprall der Kugeln, denn nur darum, überlegte Petra, konnte es sich bei dem Knallen handeln, folgte manchmal ein dumpfes Rollen, das sie sich nicht zu erklären wußte.

Geduckt schlich sie die Stufen weiter hinauf, und weil sie auf keinen Fall entdeckt werden wollte, achtete sie darauf, möglichst außerhalb des schwachen Lichtkegels zu bleiben, der über der halbhohen Pendeltür zwischen den silbernen Glühlampen nach draußen fiel. Je näher sie der Tür kam, desto deutlicher wurden die Stimmen; manchmal konnte Petra sogar verstehen, was gesprochen wurde.

»Über Kopfbande hab ich doch gesagt, verdammt noch mal«, rief jetzt zum Beispiel einer gereizt. Seine Empörung wurde von anderen mit Lachen quittiert. Klack, klack machte es danach und erneut schloß sich dieses hohle Dröhnen an und ein bewundernder Aufschrei: »Mann, der räumt vielleicht ab!«

»Mist«, sagte Petra halblaut. Ihre Neugier war jetzt größer als die Angst, sich zu blamieren oder diesen Mundharmonikatypen vielleicht noch auf die Idee zu bringen, sie wollte etwas von ihm. Und selbst wenn, überlegte sie, was konnte sie dafür, wenn der Kerl sich etwas auf ihr Erscheinen einbildete. Im übrigen wollte sie auch nur einen Blick riskieren, um zu sehen, was drinnen los war. Nur einen Blick – das bedeutete ja nicht gleich, daß er sie entdecken mußte. Falls er überhaupt da war.

Sie atmete noch einmal tief ein und schob sich aus dem Halbdunkel ins Licht. Vorsichtig lugte sie über den hölzernen Rahmen der Pendeltür; sie aufzustoßen und hineinzugehen, dazu fehlte ihr doch der Mut. Von dem, was sie auf diese Weise zu sehen bekam, war sie allerdings ziemlich enttäuscht. Etwa sieben oder acht junge Männer standen um einen großen Billardtisch in der Mitte des Raums. Viel konnte Petra nicht von ihnen erkennen. Die lange Neonröhre, die tief über dem Tisch hing, verbreitete außerhalb der Spielfläche nur ein diffuses Licht, und außerdem hatten ihr die meisten der Jungen den Rücken zugekehrt. Von dem in der Mitte, direkt vor ihr, sah sie eigentlich nur die Beine und den Hintern – der Bursche hing wie abgeknickt über der Platte. Unter seinem rechten Ellbogen, der seitlich wegstand, ragte das Ende des Queues hervor. Plötzlich streckte sich der Ellbogen, blitzschnell schoß das Holz nach vorn – pack, pock, hallte es durch den Raum. Es klang wie ein trockener Schuß mit Echo.

»Sauber eingelocht«, sagte jemand. In die Gruppe kam Bewegung, und der Spieler richtete sich auf und sah in die Runde.

»Ach du Scheiße!« entfuhr es Petra. »Das Pickelface! «

Sie zog schnell den Kopf zurück und tauchte wieder in das Halbdunkel neben der Pendeltür; von diesem Kerl wollte sie hier wirklich nicht gesehen werden. Und der andere? Nun, er war wohl nicht da.

Siehst du, Adrian, die ganze Aufregung war umsonst. Mit dir als Schutzengel kann mir nichts passieren...

Petra überquerte nachdenklich die Promenade und ging auf die niedrige Steinbrüstung zu, hinter der anderthalb bis zwei Meter tiefer der Badestrand begann. Der Wind wirbelte ihr durchs Haar und zerrte an ihrem Gesicht. Eine Weile sah sie aufs Meer hinaus. Wie ein schwarzes, gewelltes Tuch lag es da; nur weit draußen brannte das Licht eines Fischkutters wie ein winziger, vom Himmel gefallener Stern. Die Grenze zwischen Wasser und Sand war nicht mehr zu sehen, so dunkel war es inzwischen geworden, doch Petra konnte am Geräusch der aufschlagenden See deutlich hören, wo diese Grenze verlief.

Mein Lehrer, ich glaube, in Bio war es, hat mir einmal erklärt, daß alles Leben aus dem Wasser kommt... Wie kann ich das jetzt noch glauben, Adrian, jetzt, nachdem du ertrunken bist? Oder ist das vielleicht der Beweis? Das Leben kommt aus dem Wasser, und es muß wieder dorthin zurück?

Schritte auf dem Pflaster hinter ihr ließen sie aufhorchen.

»He! Hallo! Warte doch mal!« hörte sie die Stimme eines Jungen. Sie drehte sich um, gar nicht erschrocken. Sie fühlte sich eher belästigt und war auf Abwehr eingestellt.

»Was willst du?« fuhr sie den Jungen an, der jetzt auf halbem Weg stehengeblieben war. Viel mehr als seine Umrisse konnte sie nicht erkennen; das Licht, das von der Häuserseite der Promenade herüberschien, hatte sich bis dahin längst in der Dunkelheit verloren. Aber etwas in seiner Haltung kam Petra bekannt vor.

»Ich finde, wir könnten die Muscheln zusammen suchen«, rief der Junge. »Was meinst du?« Er stand unbeweglich auf der Stelle, wie ein Schatten, der aus dem Boden wuchs.

Mein Gott, wie witzig, dachte Petra. Laut sagte sie: »Zieh Leine! Auf so was steh ich nicht!« Sie versuchte, möglichst gelangweilt zu erscheinen, in Wirklichkeit aber flatterte eine Neugier in ihr, die sie selbst den kalten Wind vergessen ließ. Ihre Augen tasteten die dunkle Gestalt ab. Wenn ihre Vermutung stimmte, dann...

»Also, was ist jetzt? Geh'n wir ein Stück zusammen?«

Jetzt war sie sicher: Er war es! So wie er dastand, lässig und selbstbewußt, konnte es kein anderer sein. Und als hätte es eines Beweises bedurft, wimmerte seine Mundharmonika durch die Nacht.

»Okay.« Er ließ den Ton sofort wieder abreißen. »Vielleicht triffst du mich lieber im Café? Gegen elf morgens sitze ich immer im *Seeblick.*«

Etwas lief wie eine heiße Kugel durch Petras Körper, und ihre Gedanken sprudelten, als wollten sie aus dem Kopf heraus. Nur keine Hektik jetzt. Cool bleiben!

»Da kannst du lange warten!« sagte sie schließlich. Aber am liebsten hätte sie den Satz, kaum daß er ausgesprochen war, wieder verschluckt. Nein, das war genau die richtige Antwort! dachte sie dann, als sie hörte, wie der Junge selbstsicher lachte. Er sollte sich nur nicht einbilden, daß sie an einem Treffen mit ihm interessiert war.

Petra strich sich die Haare aus der Stirn. Sie lächelte in sich hinein und sah ihm nach, wie er davonging und seine Gestalt bald im dämmrigen Licht der Schaufenster und Reklamen Konturen gewann.

14

»Du, ich muß dich doch noch mal fragen, Martha... Glaubst du, daß sie zusammen..., na ja, zusammen geschlafen haben?«

Martha war nicht überrascht von dieser Frage. Sie hatte ihrem Mann schon seit einiger Zeit angesehen, daß seine Gedanken mit etwas anderem beschäftigt waren als mit dem Gespräch, in welches die beiden alten Leute sie verwickelt hatten. Genaugenommen war es kein richtiges Gespräch gewesen; der halb gelähmte Mann hatte nur wieder einmal jemanden gesucht, den er mit larmoyanten Sprüchen über sein Leben eindecken konnte. Seine Frau hatte danebengesessen wie eine unerwünschte Tischnachbarin, der man allenfalls ab und zu etwas von seinem Teller abgibt. Daß es sich dabei eigentlich um die Reste handelte, hatte Martha nicht gewundert. Der Mann tat wirklich nichts, um den unangenehmen Eindruck, den sie von ihm hatte, zu ändern.

Im Gegenteil. Schon als er gekommen war, gerade als Petra das Hotel verlassen hatte, um noch etwas frische Luft zu schnappen, wie sie sich ausdrückte, hatte Martha sich wieder einmal über seine Unhöflichkeit ärgern müssen. Keine Frage, ob es gestattet sei, ob er vielleicht störe, nichts – er hatte einfach die Räder seines Rollstuhls zwischen die Beine ihres Tisches geschoben, »da bin ich...« gesagt und losgelegt.

Seine Frau war natürlich auf ihrem Platz geblieben, ein blasses, zusammengesunkenes Persönchen, das sich in dieses Hotel verirrt zu haben schien. Aber ihn kümmerte das nicht. Er beachtete sie einfach nicht mehr. Es war Martha gewesen, die sie nach einer Weile gebeten hatte, doch ebenfalls zu ihnen an den Tisch zu kommen. Und er hatte losgepoltert, daß alle im Speisesaal es hörten: »Ja, Grete, warum kommst du eigentlich nicht? Hast du Angst, daß du gebissen wirst?«

Ich hätt's nicht tun sollen, machte Martha sich später mehr als einmal zum Vorwurf, ich hätte sie nicht zu uns rüberholen sollen. Vielleicht ist sie nur deshalb sitzen geblieben, um endlich mal Ruhe vor ihm zu haben?

Nun, jetzt waren sie Gott sei Dank weg. Die arme Frau hatte ihr Fett gekriegt. Wenn sie ihn nicht immer so angetrieben hätte, mehr zu leisten, mehr zu schaffen, einfach Erfolg zu haben, dann säße er, so hatten Georg und Martha sich unter anderem anhören müssen, jetzt nicht in diesem verdammten Rollstuhl. Und wie zu ihrer Bestrafung hatte er darauf bestanden, daß sie ihn noch einmal zur Pier hinausschiebe an diesem Abend. Und sie war ohne Widerrede aufgestanden, hatte sich freundlich von ihnen verabschiedet und den Rollstuhl unter dem Tisch hervorgezogen.

Und jetzt diese Frage. Martha wünschte sich endlich auch ein wenig Ruhe; die letzten Tage waren alles andere als entspannend gewesen.

»Es ist mir wichtig, Martha«, bohrte ihr Mann nach, als er ihr Zögern bemerkte.

Wie sie ihn so dasitzen sah, hilflos an seiner Zigarette saugend, fühlte Martha wieder den alten Unmut in sich aufsteigen. Warum soll ich ihm immer sagen, was los ist, dachte sie. Warum kann er sich nicht selbst mal ein Bild machen?

»Wenn du dich mehr für sie interessiert hättest, Georg, dann wüßtest du es. Den Vorwurf kann ich dir nicht ersparen.«

Sie sagte es so vorsichtig, wie es ihre Stimmung zuließ.

Georg senkte den Blick. Er zog an seiner Zigarette und blies heftig den Rauch gegen die Tischplatte. Die weißgelbe Wolke, die zwischen ihm und seiner Frau aufquoll, zerwedelte er nervös mit der freien Hand.

»Weißt du«, begann er dann zögernd, »ich hab schon gedacht, sie ist so komisch, weil sie vielleicht schwanger ist.«

»Ist sie nicht«, sagte Martha ruhig.

»Woher weißt du das so genau?«

»Sie hat regelmäßig ihre Tage gehabt.«

»Ach ja«, kommentierte Georg die Feststellung.

Seinem Gesicht konnte man ansehen, daß er noch Zweifel hatte. Er zog Marthas Teetasse zu sich heran und zerquetschte die bis zum Filter abgerauchte Zigarette im Unterteller. Es waren jetzt schon drei Kippen, die dort lagen und in der übergeschwappten Flüssigkeit zu schmieren begannen.

»Willst du dir nicht langsam mal 'nen Aschenbecher holen?« protestierte Martha. »Du weißt, ich mag das nicht. Ich ekle mich davor.«

Georg schien sie nicht zu hören.

»Wie kannst du da so sicher sein?« wollte er wissen. »Ich meine, du kriegst das doch nicht immer mit. Petra kommt sicher nicht jedesmal zu dir gelaufen und... und...«

»Und was?« fragte Martha scheinheilig. Sie weidete sich ein bißchen an seiner Hilflosigkeit. Das Thema ist ihm unheimlich, amüsierte sie sich, da weiß er nicht weiter.

Georg sah sie mit verkrampfter Stirn an, als suche er verzweifelt nach der Fortsetzung eines schwierigen Gedankens.

»Ich meine..., du...«, stotterte er dann erneut. Doch auch dieser Ansatz endete nur in einem ratlosen Gestikulieren der Hände. Schließlich gab er auf. »Ach, verdammt!« sagte er ärgerlich. »Du weißt doch ganz genau, was ich sagen will!«

Einen Augenblick lang reizte es Martha, das Spiel weiterzutreiben. Sie wußte, sie konnte ihn damit zur Weißglut bringen. Aber dieses Gefühl der Belustigung, das sie allein schon bei der Vorstellung empfand, trübte sich, als sie ein wenig länger über Georgs Verhalten nachdachte. Er hat wirklich keine Ahnung, empörte sie sich still, dieser Teil an uns Frauen interessiert ihn einen Dreck. Er kann nicht darüber reden, weil er einfach nichts damit zu tun haben will.

Laut sagte sie: »Ich kann dir sagen, woher ich das so genau weiß. Weil ich die gesamte Wäsche für uns erledige!« Und mit einem ärgerlichen Kopfschütteln stellte sie bei sich fest: Er tut's ja nicht! Sonst wüßte er vielleicht, ob seine Tochter ihre Regel gehabt hat oder nicht.

Georg schwieg jetzt beklommen. Seine Augen verfolgten die junge Serviererin, die gerade zur Küche zurückging, den linken Arm bepackt mit Geschirr, das sie vom Tisch der Familie mit den kleinen Kindern abgeräumt hatte. Die Leute waren schon vor einiger Zeit gegangen, und auch das junge Paar in der anderen Ecke des Saales brach jetzt auf. Jedenfalls setzte das Mädchen seinen Stuhl zurück, erhob sich und streckte laut gähnend die Arme in die Luft. Ihr Begleiter kam um den Tisch herum. Martha sah, daß er sie um die Taille faßte. Er schob dabei seine Hand in den Rockbund und zog den Saum der Bluse heraus, so daß seine Hand auf der nackten Haut lag.

»Was ist eigentlich, wenn ich meine Tage habe?« fragte Martha plötzlich, als die beiden den Raum verließen.

»Wie?« Ihr Mann schaute sie irritiert an. Er hatte offenbar nicht verstanden, was sie meinte.

»Wenn ich meine Tage habe«, wiederholte Martha deshalb langsam, und in ihrer Stimme lag etwas Lauerndes. »Ekelst du dich dann?«

Jetzt begriff er. Sie schloß es aus der Heftigkeit, mit der er sich die Brille von der Nase riß.

»Sag mal, spinnst du?« rief er. »Was soll denn dieser Quatsch?«

Seine Frau zuckte mit den Achseln. »Es ging mir nur so durch den Kopf«, sagte sie. »Wäre doch möglich, oder?«

»Möglich! Was soll denn da möglich sein?« Er setzte die Brille wieder auf und rieb sich erst danach umständlich die Augen unter den Gläsern. »Du spinnst wirklich«, sagte er dann gefaßter, ohne jedoch das Zittern seiner Lippen verbergen zu können. »Überhaupt, ich hab den Eindruck, ihr spinnt alle beide seit dieser Adrian aufgetaucht ist. Da unterscheidest du dich von deiner Tochter in nichts!«

Noch während seines Vergleichs hatte Martha zu lachen begonnen. Unsere Gespräche enden alle am selben Punkt, dachte sie, an Adrian führt kein Weg vorbei. Das Lachen schüttelte ihren Körper, ohne daß sie es wollte. Erst als sie Georgs entsetztes Gesicht sah, wurde sie wieder ernst.

»Mein Gott, reg dich bloß nicht auf!« Sie versuchte ihn schnell zu beruhigen. Und mit einem letzten Aufglucksen in der Stimme: »Ich hab ihn doch genausowenig gemocht wie du!«

15

Hättest du was dagegen, Adrian, wenn ich mich doch mit ihm treffen würde? Wenn ich morgen früh zu dem Café ginge? Oder übermorgen? Sag ehrlich, wie würdest du reagieren? Wärst du eifersüchtig? Ach, wahrscheinlich doch nicht.... Du warst ja nie eifersüchtig. Dabei... ja, mir hätte das schon gefallen. Irgendwie, glaube ich, hätte es mir noch mehr das Gefühl gegeben, daß wir zusammengehören. Daß einer für den anderen da ist. Und nur für ihn. Aber nein, für dich war Eifersucht ja so was wie Terror. Eifersucht ist eine Form von individueller Gewalt, hast du einmal gesagt. Ich weiß noch genau, wo das war... im Schwimmbad, als mich immer so 'n Typ aus meiner Klasse angemacht hat. Der wollte unbedingt zwei Bahnen mit mir um die Wette schwimmen. Und ich Idiotin hab das auch gemacht. Aber dir war das völlig egal. Das hast du jedenfalls gesagt. Individuelle Gewalt! Ich hab einen Lachkrampf gekriegt, aber ich glaube, nur weil ich dir nicht zeigen wollte, wie sehr ich mich über dich geärgert habe!

Auf der anderen Seite, wenn's mir mal so richtig dreckig ging, wenn mich einfach alles angekotzt hat, dann hast du dich immer über mich lustig gemacht: Laß den Weltschmerz, Geliebte! Die Welt ist nicht mit Schmerz zu ändern, nur mit Gewalt... Ich weiß, wahrscheinlich wolltest du damit nur erreichen, daß ich wieder bei Laune komme, aber für mich war das echt ein Problem, dein Gequatsche über Gewalt. Ich hab das nicht auf die Reihe gekriegt! Ich hab das nicht verstanden.

Der Geruch, den die erste Pommes-frites-Bude verströmte, drang herüber. Petra nahm ihn deutlich wahr, obwohl sie noch etwa zwei Straßenecken von dem Gebäude mit dem Schnellimbiß entfernt war. Gewöhnlich mochte sie diesen Geruch nicht, diese Mischung aus überhitztem Bratfett und siedendem Öl, der einem schon ranzig in den Kleidern und in den Haaren hängenblieb, wenn man ihm nur zu nahe kam. Aber diesmal empfand sie ihn weniger widerlich; er erweckte sogar so etwas wie ein Hungergefühl in ihr. Sie fragte sich, wie spät es sein mochte. Das Abendessen lag sicher schon eine ganze Weile zurück.

Nach ihrer Begegnung mit dem Jungen war sie noch ein wenig an der Häuserseite der Promenade entlanggeschlendert, Richtung Buhne. Nicht einem Menschen war sie dabei begegnet. Und je weiter sie sich vom Hotel entfernte, desto größer waren die Abstände zwischen den halbhohen Terrassenlichtern geworden, desto länger die dunklen Intervalle, die sie zu überbrücken hatte. Kurz vor der Buhne, dort, wo die Platten aufhörten und der feuchte Sand begann, war sie noch einmal einige Minuten stehengeblieben und hatte über das Meer geschaut. Der Scheinwerfer des Fischkutters schwamm noch immer wie ein irrlichternder Funke auf dem Wasser. Nicht daß Petra sich geängstigt hätte, aber sie hatte sich sehr allein gefühlt; die ersten Meter auf dem Rückweg war sie gerannt. Jetzt befand sie sich etwa auf der Höhe der Pier.

Noch schwärzer als die dunkle See ringsum ragte der steinerne Hafendamm ins Wasser hinaus. An seiner Spitze hatte in der Zwischenzeit eine kleinere Segeljacht festgemacht, die Petra auf dem Hinweg nicht aufgefallen war. Ein Lampion mit grünlichem Licht schimmerte vom Mast und ließ die Nässe der Pier aufglänzen. An der Takelage des Schiffes klirrten die Metallbeschläge im Wind. Petra fragte sich, ob die Besatzung wohl an Bord schlief oder in einem der Hotels übernachtete. Ich könnte ja hingehen und versuchen, es herauszufinden, überlegte sie. Aber dann ging sie doch schnell an der Pier vorbei. Der Reiz, den der Pommes-frites-Geruch auslöste, war größer als ihre Neugier. Ja, ich muß was essen, stellte sie nüchtern fest und bog links in die Seitenstraße ein, die sie von der Promenade wegführte.

Am Ende der Straße, an der nächsten Kreuzung, sah sie schon die Markise der Bude wie ein kleines Dach über dem Trottoir hängen. In dem milchigen Licht darunter stiegen die Dämpfe aus dem Inneren der Braterei auf wie dünne Nebelfäden. Petra bestellte sich eine Currywurst mit einer großen Portion Pommes.

»Da haben Sie aber Glück, junges Fräulein…« Die blonde Frau in dem offenen Schiebefenster sprach ein wenig mit steifer Zunge. »Ich wollte gerade dichtmachen«, philosophierte sie weiter. »Hab gedacht, da kommt sowieso keiner mehr!«

»Jetzt bin ich aber da«, sagte Petra.

»Macht ja auch nichts, sollst deine Wurst ja noch kriegen!« Sie wechselte nicht nur zum Du, sie zwang sich auch zu einem Lächeln, das ihre vom Dampf und Fett erhitzten Wangen blutrot anlaufen ließ.

»Hab ja auch gerade noch eine auf 'm Rost«, sprach sie dann mehr zu sich selbst und gab der ausgetrockneten Wurst auf dem Blech einen Stoß mit der Chromzange. Mit der anderen Hand schaufelte sie Kartoffelstäbchen aus einem Pappkarton und ließ sie in das siedende Öl fallen; es zischte kurz auf, der Dunst schlug der Frau ins Gesicht.

»Dauert 'n bißchen«, sagte sie mit einem kleinen Seufzer und fuhr sich dabei mit dem Handrücken über die Stirn.

Petra sah, daß die Hand rot angeschwollen und rissig war. Sie drehte sich schnell um und schaute auf die Straße. Sogar die Pflastersteine, deren Muster sie hier am Bordstein im trüben Licht noch erkennen konnte, schienen von einem staubigen Fettfilm überzogen zu sein. Sie waren trotz des Regens grau und stumpf. Und die Rinne längs des Trottoirs war übersät mit durchweichten, dunkelfleckigen Papptellern.

Petra ekelte sich ein bißchen. Dieser Dreck auf der Straße, der Geruch, den das brodelnde Öl verströmte, und dann noch diese gefärbte Blondine mit ihren roten Fingern, das alles war eine Zumutung für ihre Geschmacksnerven.

Hoffentlich wird sie fertig, bevor mir endgültig der Appetit vergangen ist, dachte Petra. Sie bereute, daß sie ihrem Heißhunger nachgegeben hatte, und vor allem bedauerte sie, nicht wenigstens ihren Walkman bei sich zu haben. Die Musik würde sie jetzt ablenken. Wer hatte ihr eigentlich vorgeworfen, sie würde sich die Ohren nur deshalb mit Lärm zuknallen, weil sie die Stille in sich nicht ertragen könnte? Ach ja, Mamas Busenfreundin Barbara war es gewesen. Das Mannweib, wie Georg sie immer nannte. Die hatte sich auch schon lange nicht mehr sehen lassen. Na ja, das ist kein großer Verlust, überlegte Petra. Die hat mich nie leiden können.

Aber du, Adrian, du hättest dich bestimmt gut mit ihr verstanden. Auf jeden Fall in puncto Musik. Mein Gott, hatte die eine Ahnung, wozu Musik alles gut sein kann!

»Scharf oder mittel?« Die Stimme aus der Imbißbude holte Petra in die Gegenwart zurück.

»Was haben Sie gesagt?«

»Wie Sie Ihre Wurst möchten – scharf gewürzt oder mittel?«

»Ist egal«, antwortete Petra, ohne zu überlegen. Sie wollte nur schnell weg hier.

Die Frau legte die Wurst auf einen Pappteller und hackte sie in unglaublicher Geschwindigkeit mit einem Messer in

Scheiben. Aus einer Blechbüchse streute sie großzügig Curry darüber. Petra mochte nicht mehr hinsehen. Erst als sie aufgefordert wurde, vier Mark dreißig zu zahlen, hob sie wieder den Kopf. Der Pappteller stand jetzt dampfend vor ihr; sein Inhalt war weitgehend unter glibbrigem Ketchup verborgen, aus dem eine kleine Plastikgabel herausragte. Darüber lächelte das rote Gesicht der Verkäuferin. Petra zählte ihr das Geld hin, schob sich den Teller auf die flache Hand und ging.

»Danke und guten Appetit!« wünschte ihr die Frau.

Es war wohl das letzte Mal, daß sie sich heute an einen Kunden gewandt hatte. Petra hatte noch keine drei Schritte gemacht, da hörte sie schon die Jalousie an der Imbißbude herunterrasseln. Mit einem letzten Poltern setzte sie auf der Fensterbank auf und nahm der Straße das Licht.

Das Zeug schmeckte besser, als es aussah. Nur gehen konnte man damit nicht, wenn man nicht Gefahr laufen wollte, daß einem die Soße auf die Kleidung tropfte oder sogar die ganze Portion aus der Hand glitt. Petra ging also wie im Zeitlupentempo. Manchmal blieb sie stehen und verschlang, tief über den Teller gebeugt, mehrere Pommes frites und Wurststücke hintereinander. Der Wind blies jetzt wieder feucht in ihre offene Jacke. Hier auf der Straße war es deutlich kühler als unter der Markise vor dem Imbißstand.

Es dauerte auch nicht lange, da fielen wieder die ersten Tropfen. Der Regen schlich sich beinah unmerklich in die Nacht. Erst netzte er nur Petras Nase, so daß sie ihn für vom Dach gewehtes Wasser hielt, Sekunden später klatschte ein dicker Tropfen auf ihre Hand, dann mitten auf die Stirn. Sie flüchtete sich in einen Hauseingang und lehnte sich gegen die Wand. Ihre Pommes frites wollte sie zu Ende essen, ohne sie sich vom Regen zermatschen zu lassen.

Ja, mit Barbara hättest du dich sicher gut verstanden, Adrian. Ich hab mal mitgekriegt, wie sie Mama 'nen ähnlichen Vortrag über Eifersucht gehalten hat wie du mir. Nur nicht so geschwollen, das muß ich ihr lassen. Sie hat einfach gesagt, es wäre Quatsch, daran 'ne Beziehung kaputtgehen zu lassen. Es wäre schließlich nicht das Wichtigste. Die haben natürlich geglaubt, ich wüßte nicht, was die damit meinten. Das Wichtigste! Da gäb's Schlimmeres zwischen Mann und Frau, hat Barbara gesagt.

Ich hatte erst unheimliche Angst, daß mit Mama und Georg was nicht mehr stimmen würde. Aber um die beiden ging es gar nicht, hab ich dann rausgekriegt. Barbara hatte sich gerade von ihrem Mann scheiden lassen, das war wohl das Problem.

Manchmal denk ich, vielleicht habt ihr doch recht gehabt, Barbara und du. Es ist ja wirklich nicht die Hauptsache. Aber es tut so weh! Ja, schon wenn man nur so 'nen Verdacht hat, daß jemand mit einer anderen...

Du, weißt du eigentlich noch, daß du mir deswegen mal eine runtergehauen hast? Ehrlich. Ich hatte dich doch mal im Ort mit 'nem anderen Mädchen gesehen, und danach hab ich dieses furchtbare Theater gemacht. Mann, war ich da geladen! Geheult und geschrien hab ich. Obwohl du gar nicht wirklich was mit der hattest. Und das war mir eigentlich auch klar. Ja, und nach der Ohrfeige habe ich aufgehört zu heulen, und du hast angefangen.

Hast ganz leise in dich reingeweint. Du hast mich in den Arm genommen, so fest, daß es mir fast weh tat, und da hab ich richtig gefühlt, was du mir vorher irgendwann mal erklären wolltest: Je mehr du mich liebtest, desto weniger könntest du dich selber noch verstehen. Und desto weniger wärst du zur Gewalt bereit. Ich versperrte dir den Blick für die Welt. Da war ich richtig stolz!

16

Georg hatte sich als erster ausgekleidet und war schon zu Bett gegangen. Das Kopfkissen im Rücken, saß er halb aufrecht gegen die Wand gelehnt. Er rauchte, und häufiger als nötig schnippte er die Asche in den Aschenbecher neben sich auf der Nachtkonsole.

»Es regnet wieder«, sagte er irgendwann in die Stille des Zimmers hinein, in der man deutlich hörte, wie der Wind den Regen in die Lamellen der dünnen Kunststoffjalousie trieb.

Seine Frau stand mit dem Gesicht zum Fenster und zog sich jetzt ebenfalls aus. Sie reagierte nicht.

»Hörst du, es regnet«, wiederholte Georg. »Ich hätte gedacht, es würde trocken bleiben heute abend. Der Himmel war doch fast wieder wolkenfrei.«

»Ja? War er das?« Martha schien mit ihren Gedanken weit weg zu sein. »Weißt du, ich hab nicht mehr so drauf geachtet«, lenkte sie dann ein, ihre Stimme wurde fast erstickt unter dem Pullover, den sie sich gerade über den Kopf zog.

Georg vermied es, sie direkt anzuschauen. Er wußte, sie mochte es nicht, wenn er sie beim Auskleiden beobachtete. Aber er sah dennoch, was sie tat. Das durch die Jalousie abgedunkelte Fenster spiegelte jede ihrer Bewegungen; sie flatterten als blasse Schatten über das Glas, als sie die Bluse ablegte und dann aus dem Rock stieg.

»Er hat mit ihr geschlafen, Georg«, sagte Martha plötzlich und kam nackt zum Bett und griff zu dem Nachthemd, das dort auf der Zudecke bereit lag. »Er war schließlich schon achtzehn. Hast du dich in dem Alter noch mit Händchenhalten zufriedengegeben?«

Sie steckte ihren Kopf durch den Halsausschnitt, schob die Hände erst in die Ärmellöcher und dann in die Höhe und ließ das Hemd an sich herunterfallen.

Georg schloß die Augen. »Ich hab's doch geahnt«, sagte er leise. Und dann noch einmal: »Ich hab's geahnt.«

Es scheint ihr überhaupt nichts auszumachen, wunderte er sich mit einem Anflug von Ärger, als er wieder aufsah und feststellen mußte, daß Martha zum Fenster zurückgegangen war, die Vorhänge zuzog und in aller Ruhe, als sei das Thema für sie beendet, deren Faltenwurf zu ordnen begann. Da bumst so ein hergelaufener Spinner ihre Tochter, und sie tut so, als sei es das Natürlichste der Welt. Wütend stieß er den Rest seiner Zigarette in den Aschenbecher und schwang die Beine aus dem Bett.

»Sag mal, empört dich das denn nicht?« machte er seinem Unmut Luft. »Das ist doch... eine Gemeinheit ist das doch! Mit einer Fünfzehnjährigen! Mit einem Kind!«

»Jetzt werd bitte nicht dramatisch!« Mit ein paar schnellen Handgriffen korrigierte Martha den Abstand zwischen den letzten zwei Falten, dann drehte sie sich zu ihm um. »Petra wird nicht ganz unschuldig dabei gewesen sein«, sagte sie lächelnd. »Es ist bestimmt nicht ohne ihren Willen geschehen.«

»Quatsch! Rumgekriegt hat er sie!« Er widersprach so heftig, als wollte er nicht nur seine Frau, sondern auch sich selbst überzeugen. Doch seine Haltung verriet, daß er ihr recht gab: Sein Oberkörper war zusammengesunken, die Hände hingen zwischen den Beinen der gestreiften Schlafanzughose. So saß er eine Weile auf der Bettkante und starrte auf den Boden. Es ist, wie ich vermutet habe, dachte er wieder, Martha hat es längst gewußt, bestimmt haben sie sogar darüber gesprochen. Nur mich haben sie ausgeschlossen, zu mir hatten sie kein Vertrauen – ich hätte ja wieder einmal kein Verständnis für meine Tochter haben können. Ein Bild verdrängte den stummen Vorwurf: Er sah sich noch einmal in Petras Zimmer gehen, am Abend ihrer Ankunft, sah, wie sie fast nackt auf dem Bett lag, das linke Bein angezogen, den Kopf mit dem Bügel des Walkmans darüber auf dem Kissen. Auch wenn er sich gegen die Vorstellung wehrte – der Mann, der sich jetzt über sie beugte, das war nicht er, der Kuß, den er ihr gab, das war kein Gutenachtkuß, und die Hand, die ihren Rücken streichelte, die Rundung ihres Schenkels... Georg hatte das Gefühl, ihm träten Schweißperlen auf die Stirn. Nein, er hätte es wirklich nicht verstanden, er verstand es ja immer noch nicht.

Er spürte einen leichten Druck auf seinen Schultern. Martha hatte ihre Hände darauf gelegt und sich zu ihm gebeugt. Unter dem Stoff ihres Nachthemds fielen ihm schwer ihre Brüste entgegen; er sah, daß die Haut an deren Ansatz sich leicht zu kräuseln begann.

»Du, der hatte schon etwas an sich«, sagte Martha langsam. »Ich glaube, ich kann Petra da ganz gut verstehen!«

Da haben wir's, durchzuckte es Georg. Sie versteht es natürlich. Mit dem Oberkörper kam er ruckartig hoch; mit einer heftigen Bewegung schüttelte er ihre Hände ab.

»Jetzt sieh mich doch nicht so entgeistert an!« Irritiert war Martha einen Schritt zurückgetreten. In ihrer Stimme klang jetzt eine leichte Schärfe auf. »Mein Typ ist er nun wirklich nicht gewesen, falls du das annimmst! Aber man wird doch wohl noch mal über ihn nachdenken dürfen, oder? Wir können doch nicht so tun, als hätte es ihn nie gegeben!«

»Für mich hat es ihn...«

Sie schnitt ihm das Wort ab. »Ich weiß, für dich hat es ihn nicht gegeben!« stieß sie aufgebracht hervor. »Du hast es sogar geschafft, ihn zu ignorieren, wenn er bei uns am Tisch saß. Aber das entspricht nicht den Tatsachen, mein Lieber! Tatsache ist, daß er der Freund deiner Tochter gewesen ist, ihr Liebhaber, wenn du so willst, jedenfalls der erste Mann, mit dem sie geschlafen hat!« Vor lauter Erregung hatte sie begonnen, vor dem Bett auf und ab zu gehen, durchkreuzte bald mit großen Schritten das Zimmer. Vor dem Lichtschalter an der Tür blieb sie stehen und löschte die Deckenbeleuchtung. Nun brannte nur noch die kleine Lampe auf dem Nachttisch; ihr mattgelbes Licht ließ einen großen Teil des Raumes in Schatten fallen.

»Wir müssen offen darüber reden«, sagte Martha nach einer Weile etwas gefaßter. »Offen und in aller Ehrlichkeit. Über ihn… und über uns…«

Georg pflückte sich nervös eine neue Zigarette aus der Packung, ließ das Feuerzeug aufschnappen und inhalierte tief. Offen und ehrlich, dachte er, das muß gerade sie sagen. Aber er wußte, daß sie recht hatte. Sie mußten darüber reden, das Thema mußte endlich vom Tisch – vorher würde nie wieder Ruhe zwischen ihnen sein. Er nahm seine Brille ab und legte sie neben den Aschenbecher. Dann ließ er sich aufs Bett sinken, schob einen Arm unter seinen Kopf und sah Martha herausfordernd an. »Okay«, sagte er. »Und womit fangen wir an? Mit ihm oder mit uns?«

»Ich glaube, das ist egal!« Sie überhörte seine Ironie. »Es hängt doch beides zusammen.« Sie kam zum Bett und legte ihre Hände auf den Holzpfosten. »Hast du dich eigentlich schon mal gefragt, warum Petra sich gerade in diesen Jungen verliebt hat? In einen, der so ganz anders ist als wir?«

»Du meinst, anders war!« warf Georg ein. »Er war anders als wir!«

In Marthas Augen kroch so etwas wie Enttäuschung.

Georg, der es nicht übersehen konnte, merkte, daß er diesmal zu weit gegangen war mit seiner Spitzfindigkeit. Warum muß sie mich auch so blöd anquatschen, dachte er. Natürlich hab ich mich das gefragt. Er quetschte in stiller Wut den Filter zwischen seinen Fingern, ahnend, daß der

Abend eine Richtung nahm, die ihm gegen den Strich ging. Dennoch rang er sich zu einer Entschuldigung durch.

»Tut mir leid«, brachte er gepreßt hervor. »Mach weiter. Ich hör dir jetzt zu!«

»Genau darum wollte ich dich gerade bitten, Georg! Versuch's einmal, ja? Laß einfach mal was an dich rankommen!«

Erneut setzte er zu einer Erwiderung an, unterließ es jedoch, als er hörte, wie seine Frau den Atem durch die Zähne zog. Er hatte schon zu viele Auseinandersetzungen mit ihr gehabt, um nicht zu wissen, daß dies ein Signal äußerster Gereiztheit war. Sollte sie doch loswerden, was sie loswerden wollte. Wahrscheinlich gehörte das mit zu ihrem Versuch, »die Beste« zu sein. Und er war auf dieses rührselige Gequatsche am Tisch reingefallen! Sollte sie doch! Er wußte sowieso, daß es wieder gegen ihn ging. Aber er würde am Ende schon auch noch sagen, was er dazu zu sagen hatte! Wie zu einem Strich schlossen sich seine Lippen um die Zigarette. Er zog so kräftig das Nikotin in die Lungen, daß seine Wangen ganz hohl wurden, und mit dem Rauch, der ihm aus der Nase quoll und für einen Moment sein Gesicht in eine graue Qualmwolke hüllte, trieben auch seine Gedanken weg.

Er hörte noch, wie Martha sagte, daß der Junge so etwas wie eine Chance für sie gewesen sei, ein Spiegel, in dem sie hätten sehen können, wie festgefahren ihr Leben doch wäre... Aber ihre mühsam beherrschte Stimme erreichte ihn nicht mehr wirklich. Das Motorengeräusch eines Wagens, ein, zwei Straßen entfernt, der offensichtlich gerade beschleunigte, hatte seine Aufmerksamkeit auf sich gezogen. Das ist doch unmöglich, überlegte er, ein Auto, doch dann fiel ihm ein, daß es ja den Taxiverkehr auf der Insel gab. Jetzt bellte auch ein Hund; als schreie ein Kind, so hell und spitz drang sein Gekläff herauf und hämmerte an Georgs Schläfen. Ich hasse ihn, tobte es in Georgs Kopf, ich hasse ihn. Und seit er tot ist, hasse ich ihn noch mehr als früher.

17

Petra fuhr sich mit der Zunge über die Oberlippe – es schmeckte salzig. Der Regen hatte ihren Mund zwar gründlicher von den Resten ihres Frittenbuden-Essens gesäubert, als es eine Serviette vermocht hätte, aber er kam nicht nach, die Tränen wegzuspülen, die ihr wie kleine gläserne Tropfen aus den Augen sprangen. Wie in Trance ging sie die letzten Meter zum Hotel, den leeren Pappteller hielt sie immer noch zusammengedrückt in der Hand. Hilflos schüttelte sie den Kopf. Die Erinnerung an Adrian war plötzlich so schmerzhaft und anhaltend aufgebrochen, da in der Türnische, in der sie Schutz vor dem Regen gesucht hatte, daß es ihren ganzen Körper durchschüttelte.

Erzähl mir doch nicht, daß es ein Unfall war, Adrian! Bitte nicht. Nur, sag mir, warum? Warum? Ich hab dir doch keinen Grund gegeben.

Erst als ein Scheinwerfer die Dunkelheit vor ihr zerschnitt, bemerkte Petra, daß ein Wagen in die Straße eingebogen und ihr gefolgt war. Der Fahrer bremste und kurbelte einen Spaltbreit das Fenster herunter.

»Soll ich Sie wo hinbringen?« fragte er.

»Hau ab!« fuhr sie ihn an. »Laß mich in Ruhe!«

»Auch gut.« Der Mann zuckte mit den Schultern. »Von mir aus kannst du dir auch 'ne Lungenentzündung holen da draußen!« rief er ihr zu. Dann gab er Gas, eine Spur zuviel, und fuhr mit durchdrehenden Reifen weiter.

Petra war stehengeblieben. »Scheiße!« sagte sie laut. »Scheiße! Reiß dich endlich zusammen!« Wütend schleuderte sie die aufgeweichte Pappe in ihrer Hand in den Rinnstein und sah hinter dem Wagen mit dem leuchtenden »Taxi«-Schild auf dem Dach her. Seine Bremslichter flackerten kurz auf und sprühten rote Regenfäden auf das nasse Pflaster, dann bog er an der nächsten Querstraße ab, in die dem Hotel entgegengesetzte Richtung.

Petra ging langsam weiter. In einiger Entfernung hörte sie einen Hund bellen. Der weckt dieses verschlafene Kaff hoffentlich auf, sagte sie sich. Und dann war da plötzlich Musik. Obwohl die Fenster auf der gegenüberliegenden Häuserseite, soweit Petra sehen konnte, alle schon dunkel waren, mußte die Musik aus irgendeiner der Wohnungen dort kommen. Die Stille in der Straße machte das Lied so laut.

»Bruce Springsteen: *Jersey Girl*«, flüsterte sie sich selber zu. »Ist Mist, Tom Waits hat den Titel viel besser!« Sie wischte sich mit dem Handrücken über Augen und Mund und bog um die Ecke. Vor ihr lag das Hotel, die

Front dunkel wie die anderen Häuser. Nur im Eingang brannte noch ein schwaches Licht.

18

Es hat keinen Zweck, er hört mir gar nicht zu. Martha stand mit dem Rücken zum Zimmer und starrte den Vorhang an. Unbewußt hatte sie begonnen, in dem kleinen Ausschnitt, den sie sah, die Anzahl der Karos auf dem schweren Druckstoff zu zählen. Sie hörte Georgs Atem hinter sich, das leise Pfeifen, mit dem der Rauch aus seinem Mund drang. Draußen kratzte immer noch der Regen an die Jalousie.

Ja, wiederholte sie sich stumm, was sie Georg an vielen Beispielen klarzumachen versucht hatte, Petra war so fasziniert gewesen von dem Jungen, weil er so völlig anders gelebt hatte als sie, ihre Eltern – einfach so in den Tag hinein, so gelassen, ohne Sorgen eigentlich. Davon war sie überzeugt, es hatte ja selbst ihr manchmal imponiert, dieses Leben ohne Angst.

Georg war an der Stelle bitter lachend aufgefahren. »Ohne Angst, sagst du? Den möcht ich kennenlernen, der keine Angst hat!«

Natürlich, sie wußte, daß er Angst gehabt hatte, daran zweifelte sie nicht, aber es waren doch nicht diese Ängste gewesen, mit denen sie sich ständig zumauerten: diese tagtäglichen kleinen, belanglosen Ängste, die sie nur davon abhielten, sich um wirklich wichtige Dinge zu kümmern. Nein, die hatte Adrian nicht gekannt.

»Sieh es doch endlich ein, Georg«, sagte sie jetzt leise, und alles Blut ihres Körpers schien sich um ihr Herz zu klumpen, »unser Leben ist langweilig geworden.«

»Was redest du da?« Er blies heftig den Rauch aus.

»Das fragst du mich wirklich?« Sie hatte sich umgedreht und sah ihren Mann verständnislos an.

»Ja, das frag ich dich! Ich hab dich noch nie so gehört. Das klingt so… unzufrieden. Ja! Als ob du plötzlich mit so einem tauschen wolltest!«

Sein Oberkörper war wieder hochgekommen; er hatte sich mehr und mehr ereifert. Wie ein bockiger Junge sieht er aus in dieser gestreiften Schlafanzugjacke, mit dem starren Gesicht, dachte Martha. Um ihn nicht mehr ansehen zu müssen, setzte sie sich auf die Bettkante. Die Matratze gab etwas nach unter ihrem Gewicht und sackte durch.

Wollte sie tauschen? Nein, sicher nicht. Aber unzufrieden war sie tatsächlich, und nicht nur jetzt. Doch sie hatte nie genau gewußt, warum – es war immer mehr so ein Gefühl der Unterlegenheit gewesen. Darüber gelesen hatte sie oft, ja, in diesen Modezeitschriften, aber das waren immer andere Frauen gewesen, von deren Schwierigkeiten da die Rede war. Selbst wenn sie mit Erika darüber gesprochen hatte.

»Mit Erika? So!«

Mein Gott, jetzt redete sie auch schon laut vor sich hin. »Ja«, sagte sie. »Oder hast du was dagegen, wenn ich mich mit meiner Freundin über so etwas unterhalte?«

Georg stopfte seine Zigarette in den Aschenbecher.

»Nein, natürlich nicht«, sagte er spöttisch. »Ich denke nur, bei ihr liegt der Fall anders. Sie ist geschieden.«

»Ja und? Muß ich mit allem einverstanden sein, nur weil wir verheiratet sind? Ich bin es nicht! Nicht mehr jedenfalls!«

»Ich bekomme langsam den Eindruck, als sei nicht Petra diejenige, die hier völlig durcheinander ist, sondern du!« sagte Georg mit einem verletzenden Unterton. »Er hat nicht ihr den Kopf verdreht, du bist es, die hier plötzlich durchdreht! Jedenfalls benimmst du dich so!«

Martha atmete tief durch und starrte die Wand an. Der große, blasse Fleck dort, sagte sie sich, das ist mein Schatten. Das bin ich. Es ist dasselbe. Ihr war plötzlich, als sei es ganz still in dem Zimmer, als sei sie allein. Der Regen, ja, der war noch da, aber der war draußen. Nein, da gab es mit einemmal noch etwas, ein Geräusch vor der Tür, ein Tapsen wie von nackten, leisen Füßen.

»Pst«, flüsterte Martha. »Ich glaube, Petra kommt zurück!«

Sie horchte dem Geräusch noch eine Weile nach. Ja, es ist Petra, dachte sie erleichtert. Sie hörte, wie die Tür ins Schloß gezogen wurde.

»Ich kann dir nicht anders sagen, was mit mir ist, als wie ich es dir gesagt habe«, wandte sie sich dann an Georg, und in ihrer Stimme lag etwas wie ein Flehen. »Ich weiß nur, daß ich Angst vor ihm hatte. Ja, Angst! Deswegen habe ich ihn abgelehnt. Und du hast auch Angst gehabt – wenn du ehrlich bist, mußt du das zugeben. Du hast die Angst doch immer noch.« Mit einer schnellen Handbewegung gab sie ihrem Mann, der gerade zu einer Erwiderung ansetzen wollte, zu verstehen, daß er jetzt schweigen solle. »Petra hat unsere Angst gespürt«, fuhr sie leise fort. »Daß wir ihren Freund nicht besonders mochten, gut, das hat sie natürlich gegen uns aufgebracht, aber das war nicht das Entscheidende, Georg. Das weiß auch Petra, daß so was normal ist zwischen Eltern und Tochter. Sie wird erwachsen, geht ihre eigenen Wege. Wem gefällt das schon? Da ist die Angst, sie zu verlieren, plötzlich verlassen zu werden von jemandem, in den man so viel Mühe gesteckt hat, den man liebt. Man empfindet Undankbarkeit, man ist verletzt und sogar eifersüchtig, nicht wahr? Aber das war es nicht, nein. Hinter unserer Ablehnung hat Petra die Angst gespürt. Das ist ihr vielleicht gar nicht bewußt geworden, aber sie hat sie gespürt. Diese Angst, die etwas mit uns zu tun hatte, mit dir und mir, Georg! Mit unserem Versagen. Und deswegen ist sie so. Deswegen verachtet sie uns.«

Sie hielt erschöpft inne, preßte die Fingerkuppen an die Schläfen und bewegte sie mit starkem Druck im Kreis. Sie hatte das Gefühl, als hätte sie nach vielen Lügen und Ausreden endlich die Wahrheit gesagt. Die Wahrheit, so wie sie sie verstand.

»Du spinnst!« hörte sie endlich Georgs trockene Reaktion.

Natürlich, schoß es ihr durch den Kopf, natürlich, ich spinne. Ich bin verrückt. Ich mache mir selbst kaputt, woran ich jahrelang geglaubt habe, was ich selber mit aufgebaut habe. Aber habe ich denn das, was dabei herausgekommen ist, auch wirklich gewollt? Dieses mechanische Zusammenleben dreier Leute, von denen einer sich nur dann um den anderen kümmert, wenn er glaubt, daß der plötzlich nicht mehr richtig funktioniert? Wenn er dieses ständige Ritual von Aufstehen, Arbeiten und Zubettgehen stört? Mein Gott, wann leben wir denn noch dazwischen? Wann haben wir denn noch Lust, uns gegenseitig zu versichern, daß wir uns liebhaben?

»Ich bin nur nicht so festgefahren wie du«, sagte sie zu ihrem Mann, und ihre Stimme war ganz dünn vor Bitterkeit. »So starr! Hast du ihn denn nicht auch manchmal angeschaut und dich gefragt, ob das denn wirklich alles so richtig ist, was du machst?«

»Also, hör mal, Martha! Bleib bitte beim Thema!«

»Hast du? Oder hast du nicht?«

Georg lachte, aber es klang nicht echt. Er ließ den Kopf wieder zurück aufs Kissen fallen, zog die Augenbrauen hoch und sah gegen die Decke. Seine aufgeworfenen Lippen, das entging Martha nicht, auch wenn ein Teil seines Gesichts jetzt im Schatten lag, zuckten überheblich.

»Ich, na ja, ich habe mich natürlich hin und wieder mit ihm verglichen. Das stimmt schon, ja«, meinte er dann gedehnt. Und mit einem Anflug von Spott: »Du wirst dir vorstellen können, wer dabei besser abgeschnitten hat!«

Martha stand auf. Das Bett ächzte leise. Adrian ist tot, und dieser Mann redet so kalt über ihn, dachte sie angewidert. Automatisch begann sie wieder mit dem Zählen der Stoffkaros, doch das Muster verschwamm ihr vor den Augen. Sie streckte den Zeigefinger und stieß ihn in den Vorhang, als wollte sie ein Loch hineinbohren, doch das Tuch gab nach, entfloh ihrem Druck in eine Ausbuchtung.

Als Martha sich wieder ihrem Mann zuwandte, sah sie, daß er inzwischen das Bett verlassen hatte. Er stand vor der Nachtkonsole, die Ärmel der viel zu langen Schlafanzugjacke hingen herab, das Licht der Tischlampe in seinem Rücken hing wie ausgefranst an ihm.

»Martha, er war verrückt«, sagte er beschwörend. »Vielleicht hat er sogar jahrelang Drogen genommen. Ja, kann doch sein! Davon kann man doch verrückt werden!«

»Das ist mir zu einfach«, entgegnete Martha leise.

»Wäre er sonst ins Wasser gegangen?«

»Das wissen wir nicht. Es heißt, es war ein Unfall!«

»Ja, heißt es. Aber du hast doch selbst schon an die andere Möglichkeit gedacht, stimmt's?«

Sie senkte den Kopf. Ihre Hände suchten einen Halt, aber da war nichts in ihrer Nähe. Um den Bettpfosten zu erreichen, hätte sie sich vorwärtsbewegen müssen. Aber ihre Beine waren wie gelähmt.

»Du, alle im Ort haben gesagt, daß er nicht richtig im Kopf war«, hörte sie Georgs Stimme wie von weit her. »Schon wie er aussah!«

Ja, dachte sie, das hab ich auch nicht gemocht. Stimmt. Aber so sehen viele aus. Sie sagte es Georg.

Der warf die Arme in die Luft. »Nur reden die nicht soviel Blödsinn!« erwiderte er trocken.

Hatte er das? Ein Gespräch fiel ihr ein, bei einem Abendessen irgendwann. Adrian war gekommen, um Petra abzuholen. Sie hatte noch mit ihnen am Tisch gesessen, weil Georg noch im Büro aufgehalten worden war. Er bestand immer darauf, daß man zumindest eine Mahlzeit am Tag gemeinsam einnahm. Notgedrungen hatten sie Adrian gebeten, sich zu ihnen zu setzen. Georg beklagte sich dann über seine Arbeit. Sie wußte nicht mehr so genau, worum es gegangen war. Es hatte irgend etwas mit seinem Abteilungsleiter zu tun und mit seiner Verspätung. Am Ende war ihm jedenfalls nichts Besseres dazu eingefallen, als zu behaupten, daß es nun mal so sei, das Leben, der eine trete, und der andere werde getreten. Das könne sich niemand aussuchen. Das sei so ein Gesetz des Lebens, so unausweichlich wie der Tod. Und dann hatte er nach dem Aufschnitt verlangt, den sie, Martha, im Kühlschrank vergessen hatte. Und natürlich war sie aufgestanden, um ihn zu holen, doch Adrian hatte seine Hand auf ihren Arm gelegt und gesagt, er finde ihn schon. Und als er zurückgekommen war...

»Erinnerst du dich, Georg, was er einmal über das Leben gesagt hat?«

Georg sah sie fragend an.

»Wenn wir schon nicht den Mut aufbrächten, über unser Leben selbst zu bestimmen, dann sollten wir uns wenigstens das Recht auf unseren Tod lassen. Erinnerst du dich nicht?«

»Nein«, sagte Georg kühl. »Aber es paßt zu ihm! Geschwätz. Große Worte. Redet so ein normaler Mensch?«

Vielleicht nicht, dachte Martha. Es klingt wirklich ein bißchen pathetisch. Aber andererseits..., vielleicht hat er sich dieses Recht genommen?

19

Meine Eltern, Adrian, die konnten dich nicht ausstehen. Ich weiß noch, wie ich dich das erste Mal mit nach Hause gebracht habe. Als du ins Zimmer kamst... das Gesicht von meiner Mutter ist ganz hart geworden. Und nachher, als du weg warst, hat sie dann zu mir gesagt: Was willst du denn mit dem? Schau dir den doch mal richtig an. Diese Haare! Diese Fingernägel! Und dann die Augen, die stehen ja nie still, sie scheinen ständig irgendwas zu suchen. Der zieht dich doch nur in die Gosse, Kind, hat sie gesagt. Und Georg, der war wieder mal echt die Härte. Der hat dich doch als erstes gefragt, was du arbeitest. Und du hast geantwortet: lch arbeite an mir! Ich fand das cool, wirklich!

Petra stand am Fenster und ließ die Augen über den naßschwarzen Himmel wandern. Ihr Oberkörper bewegte sich leicht im Rhythmus der Musik, die aus den Kopfhörern des Walkmans kam.

Sie war schon im Bett gewesen, aber nach einigen Minuten hatte sie den Versuch, in einen schnellen Schlaf zu finden, aufgegeben. Zu aufgewühlt waren ihre Gefühle, zu wach die Gedanken – und Georgs laute Stimme, die sie beim Durchqueren des Flurs aus dem Zimmer der Eltern gehört hatte, ließ sie erst recht nicht zur Ruhe kommen. Und außerdem war ihr eingefallen, daß sie sich die Zähne noch nicht geputzt hatte.

Die zanken sich bestimmt wieder über uns, Adrian, hatte sie gedacht, als sie vor dem Spiegel stand und mal die linke, mal die rechte Backe mit ihrer Zahnbürste ausbeulte. Und wenig später, sie suchte gerade den Teppich zwischen Becken und Duschkabine nach dem Verschluß der Zahnpastatube ab, sagte sie laut: »Die sollen mich endlich in Frieden lassen! Ich werd schon allein damit fertig!«

Erst die Musik hatte sie wieder ruhiger werden lassen, auch wenn es nur eine Uraltaufnahme von Madonna war, die sich in ihr Ohr grub und von dort aus in ihrem ganzen Körper breitmachte. Von Zeit zu Zeit strich ein blasser Lichtstreifen über das Stück Dunkelheit, das sie über dem Hinterhof draußen sehen konnte: Petra mußte an einen Scheibenwischer denken, der in regelmäßigen Abständen hinter dem Nebengebäude auftauchte und die Wolkendecke sauber zu putzen versuchte, dabei allerdings jedesmal vergaß, in seine Ausgangsposition zurückzufallen. Richtig, fiel ihr ein, irgendwo hinter den Häusern auf dieser Seite mußte ja der kleine Leuchtturm stehen, an dem sie bei ihrer Ankunft vorbeigefahren waren. Sie war seither nie mehr in diese Richtung gegangen. Sie überlegte, ob Martha und Georg das Licht von ihrem Fenster aus auch sehen würden, aber das konnte eigentlich nicht sein, ihr Fenster lag ja an der Straßenseite des Hotels. »Und selbst wenn«, flüsterte sie. »Die beiden schlafen bestimmt längst.« Das wünschte sie sich jedenfalls. Es hielte sie davon ab, sich weiter in die Haare zu geraten.

Komisch, mir ist das eigentlich nie aufgefallen, das mit deinen Augen. Aber Georg hat es auch irgendwann einmal behauptet. Dir säh man doch schon am Blick an, daß du einer von diesen »Spinnern« wärst, die's wahrscheinlich nie zu was bringen würden. Na ja, sie konnten dich eben nicht leiden, Adrian. Das war nun mal so. Aber was ich toll fand, das war: Dir hat das nie was ausgemacht! Die brauchen mich, hast du immer gesagt, die brauchen mich, damit ihre Welt für sie das bleibt, was sie sein soll und doch nicht ist. Das hast du so gesagt. Ja. Damit sie ihren Traum vom ordentlichen Leben weiterträumen können. Das hat mir natürlich gefallen, das kannst du dir vorstellen. Mir ist das auch mächtig auf 'n Geist gegangen, wie wir gelebt haben, zu Hause. So kleinkariert. Ist ja heute noch so. Ich hab das nur nie so ausdrücken können, weißt du. Nur, Adrian, manchmal, da frage ich mich jetzt, ob die auf ihre Art nicht doch glücklicher sind, als du es jemals gewesen bist. Egal, ob diese Art falsch ist oder richtig. Wer weiß das schon? Oder wolltest du vielleicht gar nicht glücklich sein? Ich meine, gibt es das überhaupt, daß ein Mensch nicht glücklich sein will? Ist das überhaupt möglich, daß er es nicht will?

Petra öffnete das Fenster. Erst als sie das Gesicht hinausstreckte und den Regen spürte, fiel ihr ein, daß sie ja noch die Kopfhörer trug. Mit einer schnellen Bewegung schob sie den Bügel nach hinten und riß damit zugleich die runden Schaumstoffpfropfen von den Ohren. Das kalte Metall kitzelte ihren Nacken.

»Nein«, sagte sie und schmeckte dabei mit den Lippen den Regen. »Ich glaube nicht, daß es so was gibt.«

20

»Hast du was dagegen, wenn ich mir noch 'ne Zigarette anmache?« Georg wußte selbst nicht, warum er seine Frau plötzlich um Erlaubnis fragte. Das hatte er doch noch nie getan, auch nachts nicht, wenn er mal wach wurde und glaubte, es nicht mehr ohne Rauchen aushalten zu können.

Genau dieses Gefühl hatte er auch jetzt. Er war ins Bett gekrochen, hatte darauf bestanden, daß auch Martha sich endlich hinlegte, und ohne ein weiteres Wort hatte er das Licht ausgemacht. Aber so gereizt und übermüdet, wie er inzwischen war, konnte er natürlich nicht einschlafen. Dabei hätte er sich nichts mehr gewünscht als das: den Schlaf, der diese idiotische Streiterei vergessen machte. Statt dessen lag er da, wie leblos, als hätte ein Krampf seinen Körper gepackt. Die Augen starrten in die Dunkelheit, die Ohren registrierten überdeutlich jedes Geräusch.

Auch Martha schlief nicht; er hörte es an ihrem unregelmäßigen, schnellen Atmen.

»Muß das sein?« stöhnte sie verärgert, als Georg sich zu dem Knipsschalter der Nachttischlampe vorgetastet hatte und das Licht aufflammen ließ. Er hörte, wie sie sich zu ihm herumwälzte, aber er sah nicht hin. Er wußte genau, was für ein Ausdruck auf ihrem Gesicht liegen würde.

»Ich kann ja das Fenster einen Spalt aufmachen«, sagte er undeutlich und schob sich aus dem Bett. »Ich kann nicht schlafen!«

Er ging mit steifen Beinen durch das Zimmer und zog den Vorhang beiseite. Der Regen hatte nachgelassen. Man hörte ihn kaum noch, aber wo er einen Weg durch die Lamellen der Jalousie gefunden hatte, rieselten jetzt kleine Wassertropfen die Scheibe herunter. Georg ließ die Kippstellung des Fensters einrasten. Einen Augenblick lang sah es so aus, als wollte er dort stehenbleiben, dann kam er zurück. Er zündete sich eine Zigarette an und setzte sich mit dem Rücken zu Martha auf das Bett.

»Bist du eigentlich noch glücklich mit mir?« fragte er leise und ließ dabei den Rauch aus dem Mund quellen.

Hinter ihm raschelte das Bettzeug.

»Du hast mich das jahrelang nicht gefragt«, hörte er Martha, und in ihrer Stimme, so schien ihm, lag eine verhaltene Wut. »Warum fragst du mich ausgerechnet jetzt?«

»Bist du's?« Er drehte sich schnell um und faßte nach ihrem Handgelenk, doch sie entzog sich seiner Hand sofort wieder.

»Laß mich!« sagte sie schroff. »Du erwartest doch wohl nicht, daß ich dir jetzt darauf eine Antwort gebe?«

Nein, das ist auch gar nicht nötig, dachte Georg und ließ die Hand, die eine Weile in der Luft gehangen hatte, müde aufs Bett fallen. Deine Reaktion ist weiß Gott deutlich genug. Er hatte plötzlich das Gefühl, als presse sich ein Eisblock von allen Seiten gegen seinen Kopf, ließe ihn schrumpfen, zu einer kleinen, kalten Kugel. »Du bist gegen mich«, sagte er tonlos. »Ich spüre das!«

Martha drehte ihr Gesicht ins Kissen. »Mach endlich deine Zigarette aus, und laß uns versuchen zu schlafen«, sagte sie kühl. Und nach einer kurzen Pause: »Du wolltest doch nicht, daß wir weiter darüber reden!«

»Aber jetzt will ich! Begreifst du? Jetzt! Ich lasse mich nicht länger von dir fertigmachen!«

Es war Hilflosigkeit, die Georgs Worte so trotzig klingen ließ. Er selbst hörte die Ohnmacht heraus, die wie Gewichte auf seinen Stimmbändern lag. Die Zigarette war ihm aus der Hand gefallen. Bevor er es bemerkte, hatte sie ein braunes Loch in das Bettzeug gebrannt. Langsam hob er sie auf und betupfte mit seinem Speichel den Glutrand.

»Sag es mir doch«, flüsterte er heiser. »Sag, warum bist du gegen mich?« Und als Martha immer noch still blieb, ins Kissen vergraben, legte er die Zigarette in den Aschenbecher, beugte sich über seine Frau und drehte ihr Gesicht zu sich herum. »Martha! Bitte!«

Sie sah ihn mit großen Augen an. »Bin ich das? Gegen dich?« fragte sie.

»Ja«, sagte er.

Eine Weile blieben Marthas Augen starr, kein Wimpernschlag, nichts. Dann begannen ihre Lider zu flattern. Es war eigentlich nur ein leichtes Zucken, aber ihm entging es nicht, so nah war er über ihr und hielt seinen Blick in ihre Pupillen gesenkt.

»Vielleicht, weil du mein Mann bist«, sagte sie schließlich kaum hörbar und drehte sich zurück ins Kissen. »Und jetzt mach das Licht aus! Ich kann nicht mehr.«

Mit einem Schlag war es wieder da, dieses Gefühl, daß ihn ein Eisblock umklammert hielt, stärker, schmerzhafter als zuvor. Georg spürte, wie er blaß wurde. Weil du mein Mann bist! Der Satz rotierte in der kleinen, kalten Kugel, die einmal sein Kopf gewesen war. Aber es war nicht genügend Platz für ihn darin. Überall stieß er an, verursachte neuen Schmerz. Georg lachte hysterisch auf und ließ sich schwer auf seine Seite des Bettes fallen. So einfach ist das, dachte er, ja, so einfach. Weil du mein Mann bist. Was sollte er da noch sagen?

Mechanisch, ohne hinzusehen, streckte er seine Hand nach dem Schalter der Lampe aus, seine Finger tasteten klopfend über das Holz des Nachttisches, bis sie den kalten Plastikknopf gefunden hatten, dann fiel zum zweiten Mal an diesem Abend der Raum in stille Dunkelheit. Doch wieder hielt die Stille nur Sekunden an, das Ächzen der Jalousie fraß sich in sie hinein, der Wind, der jetzt trocken im Fensterspalt wirbelte, Marthas allmählich gleichmäßiger werdende Atemzüge, selbst das Knistern der erkaltenden Glühbirne neben sich glaubte Georg zu hören. Und die Dunkelheit machte alles noch schlimmer, ließ all die kleinen Geräusche, die aus ihr hervorkrochen, in Georgs Kopf zu einem neuen, nagelnden Crescendo anwachsen, das seine Gedanken durcheinandertrieb.

Wenn er sie vernachlässigte, die Familie, wenn er das Geld durchbrächte, so quälte er sich, dann könnte er verstehen, daß sie so dachte. Aber einfach so, nur weil sie verheiratet waren? Was war denn an ihm auszusetzen? Als Ehemann? Als Vater? Sie sollte einmal andere Männer hören, wie die... Ja. Die sollte sie einmal hören!

Und doch, auch wenn er es noch so sehr wegzuschieben versuchte, es gab da ein unbestimmtes Gefühl, das an den

Nahtstellen seiner Gedanken zu zerren schien und seiner stummen Selbstverteidigung widersprach. Vielleicht lag die Schuld doch auch bei ihm, so stahl es sich in seinen Kopf, vielleicht nahm er es als zu selbstverständlich, daß Martha für ihn da war. Vielleicht, so dachte er, muß ich ihr öfter zeigen, wie sehr ich sie schätze deswegen, liebe. Das ist doch Liebe, dieses Gefühl, das ich für sie empfinde? Nur deshalb tue ich das doch alles, verdammt noch mal. Warum sieht sie das denn nicht?

Und plötzlich, mit dieser stummen, erbosten Frage bekam er doch eine Ahnung, verschwommen und bruchstückhaft zwar, von dem, was Martha mit ihrem Satz gemeint haben könnte. Aber wann immer es Georg gelang, wenigstens ein paar dieser Bruchstücke, die da in seinem Kopf hin und her ruckten, zu einer klareren Vorstellung zusammenzufügen, immer fuhr das Geräusch dazwischen und zerrieb sie wieder zu noch kleineren Splittern. Georg bekam sie nicht zusammen, es tat nur weh. So weh, daß er stöhnte.

»Schlaf jetzt«, hörte er Martha ins Kissen murmeln. »Wir reden morgen weiter.«

Reden, ja. Aber was ändert das? fragte er sich verzweifelt. Wir reden seit Tagen. Wir tun nichts anderes als reden. Das ist ja das Problem. Und als ob er plötzlich einen Entschluß gefaßt hätte, krümmte er seinen Körper unter der Bettdecke und warf ihn herum. Ganz fest preßte er ihn an Marthas Rücken, und für einen kurzen Moment spürte er ihre Wärme, als sei es seine eigene.

»He! Was soll das?« sagte Martha irritiert. Ihre Stimme war mit einem Mal hellwach.

»Komm! Laß uns zusammen schlafen, ja?« Seine Hand suchte nach ihrer Brust und drückte sie fordernd.

»Nein.«

»Sei doch nicht so stur!«

Sie schob ärgerlich seine Hand von sich und richtete sich im Bett auf. »Ich will nicht«, sagte sie bestimmt.

»Aber... ich... ich hab so Lust«, bat Georg. Sein Atem ging keuchend, er hörte es selbst.

»Mach dir doch nichts vor!« Sie lachte leise auf. »Mein Gott«, sagte sie dann, »wie oft bin ich früher darauf reingefallen! Nach jedem Krach haben wir doch im Bett gelegen. Du hast überhaupt nur noch mit mir geschlafen, weil du Angst hattest, daß ich dir sonst zu kompliziert werde!«

Georg sank wieder auf den Rücken. Der abgestandene Geruch der kalten Zigarettenasche stieg ihm plötzlich in die Nase, der Gestank eines schwelenden Filters. Widerlich ist das, durchfuhr es ihn, das ist widerlich. Er schlug die Hände vors Gesicht; vor seinen Augen flimmerten rote und gelbe Punkte.

»Das ist nicht wahr«, hörte er sich dann hinter den vorgehaltenen Händen sagen, so kraftlos, daß er nicht einmal wußte, ob Martha ihn überhaupt verstehen konnte. »Das ist nicht wahr, ich hab dich... als Frau immer gemocht.«

Doch Martha hatte ihn verstanden. Und ihre Antwort klang so verbittert, war so voller Enttäuschung, und sie verletzte ihn so sehr, daß er zu frieren begann. Was sagte sie? Du willst immer nur dann, wenn's darum geht, Probleme zuzustopfen? Ja, zustopfen... So hatte sie es ausgedrückt, das war das Wort...

Georg wußte, jetzt war er endgültig allein.

21

Als Petra die Augen aufschlug, schien die Sonne ins Zimmer. Das Morgenlicht hatte schon seine frühe, kalte Bläue verloren und tönte die kalkigen Wände des Raumes mit seinem sanften Gelb. Vom Parterre des Hotels drangen verhalten Geräusche herauf, vor allem das beständige Klappern von Geschirr; offensichtlich war man im Speisesaal noch dabei, Vorbereitungen für das Frühstück zu treffen. Wie auch immer, so früh wie an diesem Tag war Petra während ihrer Ferien noch nie aufgewacht.

Sie schlug die Bettdecke zurück, und während sie sich räkelte, um die letzte Müdigkeit aus ihrem Körper zu vertreiben, fiel ihr plötzlich ein, daß die Ferien ja eigentlich zu Ende waren. Unter normalen Umständen müßte sie heute wieder den ersten Tag in der Schule sitzen. Daran wird es liegen, daß ich schon wach bin, lachte sie selbstzufrieden in sich hinein, die gute, alte Gewohnheit. Die werden Augen machen, wenn sie sehen, daß ich nicht da bin!

Die Überraschung würde in der Tat groß sein. Petra hatte nämlich keine ihrer Freundinnen mehr erreicht, um von dem überstürzten Plan der Eltern zu erzählen – und ob die noch einem Lehrer Bescheid gegeben hatten? Sie bezweifelte es.

Mit einem Satz war sie aus dem Bett und ging zum Waschbecken. Sie sah in den Spiegel, mit den Fingern spannte sie die Haut über den Wangenknochen und an den Schläfen, als suchte sie nach ersten Krähenfüßen, dann streckte sie sich noch einmal zur Decke und schüttelte ihr schlafzerzaustes Haar.

»Okay«, sagte sie laut und drehte den Kaltwasserhahn auf. Erst als sie sich zum Becken hinabbeugte, bemerkte sie den Slip, der immer noch dort lag und inzwischen von getrockneten Zahnpastaflecken gepunktet war. Sie zog ihn mit spitzen Fingern heraus und warf ihn kurzerhand in den Papierkorb.

Die gesamte Morgentoilette dauerte nicht länger als zwei Minuten. Petra stieg in ihr knappes Bikiniunterteil. Der Jeansrock über den Heizungsrippen fühlte sich zwar immer noch klamm an, aber sie zwängte sich dennoch hinein. Nachdem sie noch ein frisches, ärmelloses T-Shirt angezogen und die Jacke übergeworfen hatte, riß sie weit das Fenster auf. Frische Morgenluft strömte ihr entgegen und kitzelte die Nase. Im Hinterhof stob laut tschilpend eine Schar Spatzen auseinander.

Petra ging rückwärts zur Tür und sah sich dabei noch einmal im Zimmer um; nein, sie hatte nichts vergessen. Alles, was sie für den Tag brauchte, trug sie an sich; und wenn die frühe Sonne hielt, was sie versprach, war das vielleicht sogar zuviel.

Im Speisesaal wieselte schon der Kellner mit dem Bürstenschnitt herum. Er sah ziemlich mitgenommen aus, fand Petra, die ihn von der Treppe aus verstohlen beobachtete. Unter den Augen waren graue Schatten, und seine picklige Haut schien ihr noch blasser zu sein als sonst. Im Saal würdigte sie ihn keines Blickes; im Gegenteil, sie streckte das Kinn vor und schritt auf federnden Füßen an ihm vorbei auf ihren Frühstücksplatz zu. Sie setzte sich, schlug die Beine übereinander und wippte übermütig mit den Fußspitzen. Sie meinte zu sehen, daß der Kellner, der an einem anderen Tisch geräuschvoll Teller und Messer zurechtschob, unschlüssig zu ihr herüberblickte. »He! Herr Ober! Bekomme ich keinen Kaffee?« rief sie und näselte hochmütig wie ihre alte Englischlehrerin. Jetzt kam endlich etwas Farbe in das Gesicht des Jungen; Petra hoffte, daß es der Ärger war, der ihn blaßrot anlaufen ließ, und seine Reaktion gab ihr recht. Er tippte sich, tief über das Geschirr gebeugt, so daß es niemand, der hereinkäme, sehen konnte, an die Stirn und verschwand in die Küche.

»Du mich auch!« sagte Petra lachend und schickte ihm das entsprechende Handzeichen hinterher, den aus der geschlossenen Faust herauswachsenden Mittelfinger. Sie genoß es, allein zu sein in dem leeren Speisesaal. Das Licht flutete ungehindert hindurch, es wärmte das karge Meublement und verlockte dazu, absichtslos aus dem Fenster zu blicken und seinen Gedanken nachzuhängen. Natürlich war Petra beim Herunterkommen noch vor dem Zimmer ihrer Eltern stehengeblieben; sie hatte sogar ihr Ohr an die Tür gelegt, aber dahinter war alles still gewesen. Und anklopfen hatte sie nicht wollen, Martha und ihr Vater rechneten wahrscheinlich sowieso nicht damit, daß sie mit ihnen zusammen frühstücken würde.Ein Zettel, so überlegte sie, würde es auch tun, um ihnen die Gewißheit zu geben, daß sie noch nicht ertrunken war.

»Scheiße! Wie komme ich denn jetzt wieder darauf!« Sie war einen Augenblick richtig wütend auf sich; solche Vorstellungen hatte sie sich gestern abend am offenen Fenster doch für die Zukunft verboten. Zum Glück kam jetzt der Kellner an den Tisch und stellte ihr eine dampfende Kaffeekanne vor die Nase; er tat es so heftig, daß der Kaffee in einem dicken Guß aus dem dreieckigen Schnabel schwappte und sich braun über das frische Tischtuch ergoß.

»Bravo«, sagte sie schadenfroh. »Das hast du wirklich phantastisch hingekriegt!«

Und er konterte: »Beschwer dich doch bei der Direktion, wenn du den Mut dazu hast!«

Der meint wohl auch, Angriff sei die beste Verteidigung, dachte Petra und sah bewußt gelangweilt an ihm vorbei.

»Na schön«, lenkte er dann ein. »Ich bring eine neue Decke!« Und nicht ohne Ironie setzte er hinzu: »Sonst glaubt deine Mami noch, daß ihr die liebe Tochter den Tisch versaut hätte. Und das kann ich dir doch nicht antun, oder?«

Als er aus der Küche zurückkam, war er etwas zuvorkommender; irgend etwas mußte seine Laune in der Zwischenzeit verbessert haben. Er strahlte Petra an, während er das Tuch auf dem Tisch wechselte.

»Weißt du schon, daß es hier heute abend so 'ne Art kaltes Buffet gibt?« fragte er sie.

»Nein«, sagte Petra. »Warum?«

»Hab ich eben gehört. Ist so 'ne Art Abschied, Saisonende.« Er hielt einen Moment inne und schaute sie erwartungsvoll an. »Kommst du? Hier ist immer so 'ne kleine Feier eigentlich! Auch mit dem Personal!«

»Du bist also auch hier?« Petra tat interessiert.

»Na klar!«

»Schade!« sagte sie, nun ebenfalls lächelnd, und sah ihm dabei voll ins Gesicht. »Dann werde ich wohl woanders essen müssen!«

So, den bin ich los für heute, triumphierte sie und stellte mit Genugtuung fest, daß sein Gesicht sich puterrot verfärbte. Und noch mehr amüsierte sie der Blick, mit dem er sie fixierte. Fehlt nur noch, daß er mit den Füßen zu stampfen beginnt, dachte sie und erinnerte sich an einen Satz, den sie einmal in einem Buch oder in einer Zeitschrift über einen Mann gelesen hatte: Er ging auf und ab, wohl in der Hoffnung, er sähe dabei aus wie ein wildes Tier. Ungefähr so stakste der Igelkopf jetzt in die Küche zurück. Die Tür klatschte sechs-, siebenmal über das Rollschloß, so wütend hatte er sie aufgestoßen. Petra hörte noch einen spitzen Schrei dahinter und ein kurzes, lautes Gezeter, dann wurde es wieder ruhig.

Hastig aß sie ein Brot und trank dazu ein paar Schlucke Kaffee. In ihrer Jacke fand sie einen alten Kassenbon; auf den kritzelte sie, daß sie ans Meer gegangen sei, und schob ihn unter Marthas Besteck. Sie hatte schon den Messinggriff des Hoteleingangs in der Hand, als sie die alte Frau die Treppe herunterkommen sah.

»Guten Morgen«, rief Petra aufmerksam. Die Frau zuckte ein wenig zusammen, sie ließ ihren tapsigen Fuß zwischen zwei Stufen in der Luft schweben, und ihre knöchrige Hand klammerte sich an das Treppengeländer. Mit der anderen winkte sie Petra zu. Ganz scheu tat sie es, den Arm nicht mal halb erhoben, als habe sie Angst, die Balance zu verlieren. Vielleicht gab sie den Gruß auch noch mit Worten zurück. Petra hörte es nicht mehr, sie war schon draußen und eilte davon, links, rechts, links, Richtung Strand.

Obwohl die Sonne schien, war es auch an diesem Morgen wieder recht kühl. Auf der Promenade, über die, von der offenen See kommend, eine leichte Brise blies, bekam Petra eine Gänsehaut an ihren nackten Beinen. Dennoch schlenderte sie ganz nah an der Steinbrüstung entlang, so daß sie den schmalen Strand und das Meer vor sich sehen konnte. Das Wasser schlug träge gegen die Pier und brach sich an dem Stein in kleinen, weißen Schaumkämmen. Die Jacht war offensichtlich schon früh in See gestochen. Petra suchte den Horizont ab, aber sie konnte sie nirgendwo mehr entdecken. Das heißt, eigentlich gab es auch gar keinen Horizont, stellte sie überrascht fest. Dort, wo sie ihn vermutete, hing wie ein letzter Rest der Nacht tiefer Nebel und färbte Meer und Himmel gleichmäßig in ein merkwürdiges Licht.

Sie ging weiter. Keine fünf Meter vom Strand entfernt sah sie ein paar Möwen auf dem Wasser schwimmen; wie ausgestopft tanzten sie im Rhythmus der Wellen auf und ab. Petra bückte sich nach einem kleinen Stein; es war ein Zementstück, das wohl aus der Ufermauer herausgebrochen war. Sie nahm ein paar Schritte Anlauf und schleuderte es in hohem Bogen über den Strand. Bis zum Meer schaffte sie es nicht, aber das Geräusch, mit dem der Stein im Sand aufschlug, reichte schon aus, um Bewegung in die Vögel zu bringen. Beinahe gleichzeitig tauchten sie ihre Flügel ins Wasser; für einen kurzen Moment sah es so aus, als wollten sie über dessen Oberfläche davonlaufen, dann hoben sie sich geräuschlos in die Luft und schwebten davon. Erst als sie einige Meter an Höhe gewonnen hatten, setzte ihr Geschrei ein, gierig und hell.

Petra schaute ihnen nach, bis ihre gleichmäßig auf und ab schwingenden Flügel mit dem Morgendunst verschmolzen. So ist Adrian von mir gegangen, dachte sie. Ohne einen Laut von sich zu geben, ist er aus dem Wasser hochgestiegen, und jetzt schwirrt er da oben in der Luft und redet weiter mit mir, als sei nichts geschehen. Sie schüttelte den Kopf und blinzelte in die Sonne. Sie wünschte sich, im Unterricht manchmal besser aufgepaßt zu haben, dann könnte sie jetzt am Stand der Sonne sehen, wie spät es war. Aber elf Uhr war es bestimmt noch nicht, da war sie sicher.

Sei mir nicht böse, Adrian. Ich weiß, du kriegst alles mit da oben, aber ich will ihn nur einmal aus der Nähe sehen, das kannst du doch verstehen, oder?

Sie ging langsam weiter die Promenade entlang. Auf der Höhe des Billardsalons überholten sie die ersten Spaziergänger; so früh konnte es demnach nicht mehr sein. Ein kleiner Junge fuhr dem Trupp auf einem Fahrrad mit quietschenden Stützrädern voran. Die Leute gingen stumm vorbei, und auch Petra grüßte nicht, obwohl sie ihr bekannt vorkamen; sie war ziemlich sicher, sie schon einmal im Hotel gesehen zu haben. Um den Eingang des Billardcafés leuchtete noch blaß die silberne Glühbirnenkette. Jemand hatte in der Nacht offensichtlich vergessen, sie auszuschalten. Für einen kurzen Moment überlegte Petra, ob sie hinübergehen sollte, um Bescheid zu sagen. Vielleicht war ja schon jemand da, der dann den Strom ausschalten könnte, aber dann kam ihr die Idee zu lächerlich vor. Ja, lächerlich und riskant zugleich; schließlich erinnerte sie sich noch zu gut an ihre inneren Verrenkungen vom vorherigen Abend.

Sicher, sie wollte den Jungen treffen, und zwar heute schon, das war ihr insgeheim klar, seit sie so früh aufgewacht war an diesem Morgen – aber es mußte natürlich absolut zufällig aussehen. Von wegen Schule, kicherte sie in sich hinein und malte sich aus, wie die Begegnung ablaufen würde. Es war ja Gott sei Dank gutes Wetter, er würde also auf der Terrasse des *Seeblick* sitzen, und sie käme von irgendwoher vorbei, ganz zufällig, wie gesagt, und natürlich wäre es viel später als elf Uhr, und sie blickte auch gar nicht zu ihm hin, ginge einfach so vorbei, als hätte sie seine Einladung längst vergessen. Aber er würde sie natürlich sofort sehen, er saß ja nur ihretwegen da und wartete schon den ganzen Morgen darauf, daß sie endlich auftauchte, vielleicht würde er sich mit seiner Mundharmonika bemerkbar machen, in jedem Fall aber aufspringen, ihr ein Stück nachlaufen und hinterherrufen: He, hallo! Hier bin ich! Warum setzt du dich nicht zu mir? Und nur sehr zögernd käme ihr die Erinnerung wieder: Ach, richtig, du bist das. Von gestern abend. Tolle Show, die du da abgezogen hast! Und dann ließe sie sich bitten. Einen Kaffee, nein? Eine Limonade? Und schließlich setzt sie sich doch, nur für eine Minute, sagt sie, und sie hockt ganz vorn auf der Kante des Sessels, aber die Beine hat sie so übereinandergeschlagen, daß ihre Waden etwas fülliger wirken. Ja, und so kommen sie ins Gespräch, die Minute dauert an und dauert, vielleicht den ganzen Morgen, vielleicht den ganzen Tag.

Ja, genau so muß es sich abspielen, ermutigte sie sich, genau so. Aber wie sollte sie die Zeit bis dahin über die Runden bringen? Auf der Terrasse des *Seeblick*, an der sie gerade vorbeiging, hob eine blonde, junge Kellnerin gerade erst die Stühle von den Tischen und rieb sie vom Nachttau trocken. Eine Stunde würde Petra also sicher noch warten müssen. Natürlich könnte sie zum Hotel zurückgehen, überlegte sie, die Zeit würde dazu reichen. Aber was sollte sie da? Mit Martha und Georg ein zweites Frühstück einnehmen? Dazu gab's eigentlich keinen Grund. Auch wenn das Abendbrot gestern recht friedlich verlaufen war, wer wußte schon, was heute passieren würde.

Also ging sie erst mal weiter. Sie kletterte über die glitschige Buhne und lief ein Stück den offenen, feuchten Strand entlang. Und da stand sie und wartete und schaute zu, wie sich der Morgendunst allmählich vom Meeresspiegel löste und in kleinen, weißen Wolken davontrieb.

22

Martha blieb auf der Mitte der Treppe stehen und atmete tief ein. Sie fühlte eine leise Enttäuschung, als sie feststellte, daß Petra nicht mehr am Frühstückstisch saß.

Das Hungergefühl hatte sie aufgeweckt nach dieser unruhigen Nacht. Sie hatte Georg gefragt, ob sie mit dem Frühstück auf ihn warten solle, aber der hatte nur irgend etwas Unverständliches gemurmelt und sich auf den Bauch gerollt, und in der Stellung, vermutete Martha, schlief er jetzt wahrscheinlich immer noch, die Hände zu Fäusten geballt neben sich auf dem Kopfkissen. Das trockene Röcheln seines Atems war ihr aufgefallen; es schnarrte ihr noch in den Ohren, als sie schon in Petras Zimmer stand. Und dort wurde ihr so schmerzhaft bewußt, wie gern sie den Morgen mit ihrer Tochter verbracht, sie vielleicht sogar, in einer stummen Vorahnung, in den Arm genommen hätte. Aber das Zimmer war leer, und hier im Speisesaal war Petra auch nicht mehr.

Die alte Frau saß an ihrem Tisch. Sie ist auch allein, wunderte sich Martha. Wie sie sie so vor sich sah, den schmalen, gekrümmten Rücken, mußte sie an ein vertrocknendes Blatt denken, das sich, spröde und vom Wind herumgeschubst, immer mehr in sich zusammenrollt.

»Guten Morgen«, sagte Martha, als sie hinter die Frau trat. Sie legte ihr dabei die Hand auf die Schulter und bemühte sich, ihrer Stimme einen sanften, heiteren Ton zu geben.

Die Frau drehte ihr den kleinen Kopf zu; die Haut schien wie aus Glas zu sein, Glas mit vielen winzigen Rissen. »Oh, Sie sind es!« Sie freute sich. »Ich bin schon Ihrer Tochter begegnet. Sie ist wohl schon unterwegs, das junge Ding!«

»Ja«, sagte Martha. »Ihr Zimmer braucht sie nur zum Schlafen! Und meinen Mann bekomme ich heute auch nicht aus dem Bett!«

»Wollen Sie mit mir frühstücken?« fragte die alte Frau eifrig. »Ich bin zwar schon fertig, aber ich warte noch. Man will mir etwas zusammenstellen, für meinen Mann. Ich nehme es dann mit hoch!« Martha nahm die Einladung gerne an. Die Vorstellung, allein an ihrem Tisch sitzen zu müssen, hatte sie schon seit einer Weile belastet.

»Geht es Ihrem Mann denn nicht gut?« erkundigte sie sich, während sie sich setzte.

»Nein, es geht ihm nicht gut.«

Die Frau hatte den Eierlöffel aufgenommen und drehte ihn wie einen Quirl zwischen den Fingern. Martha wollte ihr ein paar Worte des Bedauerns sagen, aber sie konnte den Blick nicht von diesen Händen nehmen; es war das erste Mal, daß sie so etwas wie Nervosität bei der Frau bemerkte. Dann legte sie den Löffel aber schon wieder beiseite und sah Martha an. Sie hat trotz allem einen so sanften und ruhigen Blick, dachte diese. Wie schafft sie das nur bei so einem Ekel?

»Sie mögen meinen Mann nicht, nicht wahr?«

»Oh«, sagte Martha erschrocken.

»Bitte, Sie dürfen das nicht ernst nehmen, was er so von sich gibt! Er meint es nicht so!«

Für einen Augenblick wußte Martha nicht, wie sie reagieren sollte; sie fühlte sich beschämt. »Ich habe nie geglaubt, daß *Sie* irgendeine Schuld trifft«, begann sie dann zögernd. »Falls sie auf die Vorwürfe anspielen, die er gestern gegen Sie erhoben hat...«

»Das weiß ich doch«, sagte die Frau leise und beugte sich tief über den Teller vor sich, und als erkläre das alles, fügte sie mit einem kaum hörbaren Seufzer hinzu: »Sehen Sie, er ist sehr krank!«

Durch das dünne Haar sah Martha weiß die Kopfhaut schimmern. Sie war plötzlich so gerührt, daß sie nicht anders konnte, als ihre Hände über den Tisch zu strecken und sie auf die Hände der Frau zu legen, die kalt und wie in einer viel zu großen Haut auf dem Tuch lagen. Und als sie sie wortlos drückte, ganz behutsam, als habe sie Angst, daß die dünnen Knochen zerbrechen könnten, wurde sie mit einem Mal ganz intensiv an ihre eigene Mutter erinnert. Es war wie ein klares, beinahe überdeutliches Bild, das plötzlich vor ihr aufleuchtete. Wie aus einem alten Stummfilm, dachte sie noch. Merkwürdig, aber es gab keinen Zweifel. Sie stand, in Petras Alter etwa, neben ihrer Mutter vor dem von Baumwipfeln beschatteten Grab ihres Vaters. Sie sah, wie ihre Mutter auf der Grabfläche umherging, sorgsam bedacht, den Fuß nicht neben jene Natursteinplatten zu setzen, die dort zur Verschönerung gelegt worden waren, wie sie ihren knochenspitzen Körper beugte, um hier und da einen Grashalm auszuzupfen oder ein verwelktes Blatt zu heben, wie sie sie vorwurfsvoll, mit hageren und ungeschminkten Wangen, ansah, als habe sie schuld an dem Tod ihres Vaters oder dem Alleinsein der Mutter, um alsbald ihre dürren, skelettähnlichen Hände zum Gebet zu falten. Dann trieb ein Windstoß die ausgetrockneten Blätter zu einer Säule empor – das Bild begann zu wackeln und verschwamm.

Benommen schüttelte Martha den Kopf und starrte ins Leere. Ohne daß sie es wußte, spürte sie den Blick der Frau auf sich ruhen, die Fragen darin. Ich müßte ihr erklären, warum ich so abwesend bin, dachte sie. Aber wie sollte sie die Worte finden für all das, was ihr durch den Kopf ging, wie ihr eingestehen, daß diese vorwurfsvollen Augen sie nicht losließen, dieser mütterliche Blick, dessen Sinn sie nicht verstand?

»Es wird schon alles wieder gut werden«, sagte sie und brachte ein zaghaftes Lächeln zustande.

Und die alte Frau nickte ihr zu, als habe sie längst alles begriffen.

Der Kellner kam an ihren Tisch. Er brachte ein Tablett mit einem kompletten Frühstück und einer kleinen verchromten Thermoskanne darauf.

»Soll ich Ihnen auch schon was bringen?« fragte er zu Martha gewandt.

»Natürlich!« Es war die Frau, die antwortete. Und es klang richtig stolz, als sie sagte: »Sie frühstückt heute morgen bei mir!«

Sie wirkt soviel lebendiger und sicherer ohne den Mann, dachte Martha und bemerkte erst jetzt, daß sie immer noch die Hände der anderen hielt. Sie drückte sie ein letztes Mal, ganz leicht wiederum nur, und ließ sie dann los. Ein wenig befangen lehnte sie sich in ihrem Stuhl zurück und sah über den Tisch.

»Sie haben ja kaum etwas gegessen«, versuchte sie schließlich das Gespräch wieder aufzunehmen. Ihr Finger deutete auf das Frühstücksei, von dem allenfalls gekostet worden war.

Die alte Frau schien ihre Bemerkung zu überhören. Sie bückte sich und zog ein kleines Spitzentuch aus ihrer Handtasche, und während sie sich geräuschlos schneuzte, sagte sie leise und unvermittelt: »Ich habe schuld, glauben Sie mir...«

Und als der Kellner außer Sichtweite war, fuhr sie fort: »Wissen Sie, ich habe immer nur für meinen Mann gelebt und meine eigenen Bedürfnisse hintangestellt. Ich habe ihm zum Beispiel nie widersprochen, selbst dann nicht, wenn er die Arbeit aus dem Büro sogar noch mit nach Hause gebracht hat. Heute denke ich manchmal, daß das falsch war. Er war ein Arbeitstier, ja. Die Arbeit ging ihm einfach über alles, und ich, ich habe ihn, wie soll ich sagen, ich habe ihn nie gebremst. Ich konnte es nicht. Im Gegenteil, da hat er sogar recht, ich hab ihm immer noch gut zugesprochen, versucht, ihm Mut zu machen, wenn es allzuviel wurde. Natürlich hab ich gefühlt, daß es nicht richtig war, wie wir lebten, aber ich wußte es nicht besser. Ich dachte, es müßte so sein. So war ich wohl erzogen. Ich war dazu da, daß der Mann, erschöpft von der Arbeit, seinen Frieden bei mir fand...« Sie schneuzte sich noch einmal, diesmal etwas lauter. »Heute weiß ich, daß ich ihm hätte widersprechen müssen«, fuhr sie fort und war sichtbar bemüht, ihrer Stimme einen festen Ton zu geben. »Ja, Krach hätte ich schlagen müssen! So nennt man das wohl heutzutage, nicht? Ihm sagen müssen, hör zu, so geht das nicht, du machst dich kaputt, und ich bin schließlich auch noch da, deine Frau hat auch ein Recht auf ein Leben! Aber ich habe nur still gelitten, ja – nichts hab ich gesagt.« Erschöpft hielt sie inne, und Martha sah, daß ihre Augen sich mit Wasser füllten, auch wenn sie dagegen ankämpfte. »Wer weiß, vielleicht wäre es nie zu dem Anfall gekommen.« Ein lautes Schluchzen ließ sie nicht zu Ende sprechen. Tränen rannen ihr die Wangen herunter. Mit dem Taschentuch wischte sie sie sofort wieder weg.

»Entschuldigen Sie«, sagte sie, als sie sich ein wenig gefangen hatte. »Aber so ist das nun mal, es gibt Fehler, die kann man nie wieder gutmachen. Bitte, hüten Sie sich vor solchen Fehlern!«

Martha, die außerstande gewesen war, die Frau zu unterbrechen, schwieg betroffen, so eigenartig berührten sie diese Selbstvorwürfe. Sie hätte gern gewußt, welche Art Anfall es gewesen war, der nun den Mann an den Rollstuhl fesselte – aber auch dies wagte sie nicht zu fragen. Sie konnte nur stumm zusehen, wie die Frau sich bemühte, ihre gewohnte ruhige Fassung wiederzuerlangen. Und das, so stellte sie bewundernd fest, gelang ihr überraschend schnell. Das Gesicht blieb zwar für den, der es wußte, von den Spuren des Weinens gezeichnet, aber es wirkte doch bald wieder entspannt, als hätte nie etwas das stille Einverständnis getrübt, in dem die Frau trotz allem mit sich zu leben suchte.

»Sie hatten keine Kinder?« fragte Martha vorsichtig. Sie wollte auf keinen Fall, daß eine neue Wunde aufbrach.

»Nein«, antwortete die Frau jetzt auch wieder ganz ruhig. »Ich konnte keine bekommen. Leider. Vielleicht wäre mit Kindern alles anders gewesen...«

Vielleicht, vielleicht auch nicht, dachte Martha zweifelnd und fühlte sich an ihre eigene Situation erinnert. Im Grunde geht es mir ja genauso wie dieser Frau, dachte sie. Das ist es ja gerade, was ich nicht mehr ertrage... Und als ob die Frau in ihren Gedanken lesen könnte, sagte sie: »Ich weiß, Kinder sind keine Garantie für eine gute Ehe. Aber man braucht sich gegenseitig doch noch mehr. Finden Sie nicht?«

»Reicht das – wenn man sich gegenseitig braucht?« wollte Martha wissen.

Die alte Frau sah sie nachdenklich an, und wie um Zeit zu gewinnen, verbarg sie umständlich ihr Taschentuch in der Seitentasche des Rockes. Als sie endlich zu sprechen begann, zitterten ihre Lippen.

»Vielleicht haben Sie recht«, sagte sie, und es klang wehmütig. »Vielleicht muß man das heute anders sehen. Aber wir damals, in meiner Generation, wir waren wohl zufrieden damit...« Und noch leiser fügte sie hinzu: »Ich glaube, für das, was man heute unter Liebe versteht, gab es nicht soviel Platz in unserer Zeit. Wenn Sie verstehen, was ich damit meine.«

Martha nickte. »Ihr Leben war sicher nicht einfach«, sagte sie.

»Ach, das Leben ist nie einfach!«

Mit einem Auflachen schlug die Frau ihre Hände zusammen. »Ich sehe, da kommt Ihr Frühstück!« rief sie. »Jetzt wollen wir aber über etwas anderes reden.«

Das wird mir sicher nicht leichtfallen, dachte Martha, aber sie versuchte zuversichtlich zu lächeln. Die kleine Person ihr gegenüber hatte es wirklich verdient.

23

Die Wolken schwebten jetzt wie dicke Wattebäusche am Himmel dahin, aber es war angenehm warm nun, wärmer jedenfalls als an den vergangenen Tagen, auch wenn die Sonne wieder häufiger von den ausgefransten, weißen Wolkenklumpen verdeckt wurde.

Petra hatte ihre Jacke ausgezogen und ging zielstrebig die Promenade zurück, Richtung *Seeblick.* Trotz der Menschen, die den ersten trockenen Morgen nach all dem Regen zu einem ausgiebigen Bummel nutzten und nun die Uferstraße und die angrenzenden Cafés mit Leben füllten, sah sie den Jungen sofort. Er saß an einem Tisch direkt an der Straße, die Arme mit den hochgekrempelten weißen Hemdsärmeln hatte er auf die Terrassenbrüstung gelegt, und seine Blicke, so schien es Petra, folgten suchend dem spärlichen Strom der Spaziergänger, der sich immer wieder zwischen sie schob. Aber dann, sie war vielleicht noch acht, neun Meter von ihm entfernt, entdeckte er sie, und als sein Oberkörper hochruckte und er ihr zuwinkte, vergaß Petra alle ihre Vorsätze.

Beinahe gleichzeitig winkte sie zurück. Und dann stand sie auch schon, ein wenig außer Atem, vor ihm; nur die Balustrade aus dem dicken Glas, die das Café umgab, trennte sie.

»Hallo«, sagte er. »Ich freue mich, daß du doch gekommen bist!« Er war aufgestanden und lachte sie an. Seine Mundharmonika steckte in der Brusttasche. Das war das erste, was Petra sah. Ja, und seine Hände, mit denen er sich auf dem Tisch abstützte, die waren schmal und feingliedrig, und das fand sie sehr schön. Nur sein Lachen, das kommt vielleicht eine Spur zu dick, schoß es ihr durch den Kopf, während sie als Antwort auf seine Bemerkung jetzt doch ein wenig verlegen mit den Schultern zuckte. Sie mochte eigentlich keine schönen Jungs, wie sie es immer nannte, wenn sie »allzu strahlend durch die Weltgeschichte liefen«. Da sah dann einer eigentlich immer wie der andere aus. So ein breites Lachen machte sie alle gleich.

Aber jetzt lachte der Junge nicht mehr. »Willst du dich nicht hersetzen?« fragte er fast ängstlich, und sein von der Sonne gebräuntes Gesicht spiegelte eine winzige Enttäuschung, als rechnete er schon mit einer Abfuhr.

»Wie komm ich denn da rein?« Petra sah suchend an der gläsernen Brüstung entlang.

Statt zu antworten, beugte sich der Junge einfach über die Balustrade, schob seine Hände unter ihre Achseln und versuchte ihr zu helfen. »Der einfachste Weg ist so«, sagte er. »Du mußt nur einen Fuß auf das Querding da stellen!«

Auch wenn Petra dieser Vorschlag wieder etwas zu forsch kam, tat sie's und sprang mit seiner Hilfe auf die Terrasse. Sie rückte sich den Stuhl zurecht und setzte sich ihm gegenüber, und auch er nahm ohne ein weiteres Wort wieder Platz. Überhaupt wußten sie jetzt plötzlich beide nicht mehr, was sie sagen sollten, und das Schweigen ließ sie befangen und unsicher umherblicken.

Petra kannte das; mit Adrian war es beim ersten Mal nicht anders gewesen. Sie hatten sich auch ganz lange gegenübergesessen, stumm wie die Fische. Aber es war eben doch ganz anders gewesen, erinnerte sie sich. Adrian hatte sie unentwegt angeschaut und nicht, wie dieser Typ hier, in seiner leeren Kaffeetasse herumgerührt. Und dann hatte er einfach ihre Hand genommen und zärtlich mit ihren Fingern zu spielen begonnen, sie gestreichelt und ganz vorsichtig daran gezogen, als wären sie ihm zu kurz. Ja, das hatte er gemacht, und sie würde auf keinen Fall zulassen, daß dieser Junge hier das gleiche tat.

Sie fühlte eine stille Wut in sich hochkriechen, auf ihn und auf sich selbst. Wenn der schon keinen Ton mehr sagt, muß ich wenigstens den Mund aufmachen, ärgerte sie sich. Ich muß ihm irgendwas erzählen, verdammt, ich kann doch nicht nur blöd in der Gegend herumgucken.

Sie wollte gerade ansetzen, zu irgend etwas, von dem sie noch nicht wußte, was dabei herauskommen würde, da machte auch er einen neuen Versuch. Er wiederholte zwar nur ein wenig einfallslos, daß er sich wirklich freue, aber es gab Petra Gelegenheit zu reagieren.

»Bilde dir bloß nicht zuviel drauf ein«, sagte sie. Es klang schnippischer, als sie wollte . Sie war ja froh, daß er überhaupt den Anfang gemacht hatte. »Wie hast du mich gestern überhaupt gefunden?« fragte sie deshalb versöhnlicher, als sie sah, daß er sich wieder betreten zurücklehnte.

Jetzt lächelte er, verschmitzt wie ein kleiner Junge. Das sah nett aus, fand Petra.

»Du meinst, in der Düne? Ich hab dich vorbeigehen sehen und bin dir nachgegangen. Ganz einfach!«

»So«, sagte Petra nur. Sie stellte bei sich fest, daß sie ihm also aufgefallen war. Dann schaute sie schnell auf die Promenade hinunter, aus Angst, er könnte eventuell bemerken, wir froh sie dieser Gedanke machte.

»Wie alt bist du?« fragte er leise.

»Und du?«

Wieder lachte er, aber jetzt war es Petra viel angenehmer.

»Ich heiße übrigens Max! Für den Fall, daß du mich mal mit Namen ansprechen willst!«

»Okay!« Sie ließ sich bequem zurücksinken und die Arme entspannt neben dem Sitz herabhängen. Von Max würde wohl keine Gefahr ausgehen, entschied sie und sagte unkompliziert: »Ich bin Petra!«

Die junge Kellnerin, die sie schon auf dem Hinweg gesehen hatte, kam hüftschwingend an ihren Tisch. So ein albernes, weißes Bauchschürzchen tanzte ihr dabei auf und ab vor dem viel zu engen, schwarzen Rock.

»Trinkt ihr noch was?« fragte sie lässig, und Petra fiel auf, daß sie nur Max ansah.

»Was magst du?« fragte er Petra.

»Eine Cola vielleicht, oder nein, die ist mir heute zu giftig. Ich nehme doch 'ne Limo!«

»Dann nehme ich die Cola!« Max feixte die Kellnerin an.

Sie warf einen verächtlichen Blick auf Petra und wiederholte dann blasiert die Bestellung. Und schließlich wackelte sie zurück, nicht ohne Max noch einmal mit einem gigantischen Augenaufschlag bedacht zu haben.

Petra sah ihr nach. Mein Gott, ist das 'ne blöde Schnepfe, urteilte sie mit dem sicheren Gespür für eine eifersüchtige Konkurrentin.

»Ich sitze oft hier«, hörte sie Max sagen, und es klang ein wenig wie eine Entschuldigung. Ihm war nicht entgangen, daß Petra die Spannung zwischen ihm und dem Mädchen bemerkt hatte.

»Ja und?« sagte Petra.

»Na ja, da lernt man sich halt so kennen!« Und wie zur Erklärung fügte er hinzu: »Der Strand langweilt mich eigentlich.«

»Ich langweile mich überall«, sagte Petra leise. Sie hatte die Serviererin schon vergessen.

»Quatsch!« Max drehte ihr das Profil zu und deutete mit ausgestrecktem Arm auf eine Gruppe von fünf oder sechs älteren Damen, die zufällig in dem Augenblick an ihnen vorbeiflanierten. Sie trugen alle dicke Pelzmäntel, weiße und silberne. Zwei Dackel zerrten an ihren Leinen und liefen dem schwatzenden Haufen voran. Es sah aus wie eine schnell improvisierte Modenschau, fand Petra. Nur der Fotograf fehlte, der rückwärts stolpernd aus gebückter Haltung seine Bilder schoß.

»Macht dir das etwa keinen Spaß, hier all die komischen Mamis vorbeidackeln zu sehen?« fragte Max amüsiert.

»Guck sie dir doch mal genau an, die sehen doch genauso aus wie ihre fetten Moppis!«

Petra unterdrückte ein Lachen und zwang sich zu einer leidvollen Miene. »Sind wir weniger komisch, nur weil wir keinen Hund haben?« sagte sie, und es klang wirklich sehr tragisch. »Oder weil wir sitzen?«

»Du redest vielleicht!«

Die Verwirrung stand Max im Gesicht geschrieben, sein linkes Augenlid flatterte ein bißchen, stellte Petra befriedigt fest.

Sie war ganz ungewollt in diese Rolle der geheimnisvollen Abgeklärten hineingeschlüpft und wunderte sich jetzt, wie gut sie sie spielen konnte. Vielleicht hatte sie instinktiv nach einem Mittel gesucht, seiner größeren Selbstsicherheit, seiner Überlegenheit zu begegnen, die sie doch zu spüren glaubte, ein Mittel, mit dem sie das Kräfteverhältnis in der Balance halten könnte. Und der Erfolg gab ihr recht – Max schaute sie immer noch irritiert an.

Leider kam in dem Moment die Kellnerin zurück und stellte die Getränke auf den Tisch. »Kann ich gleich kassieren?« verlangte sie spitz.

Und Petra durchfuhr es glühendheiß. Sie hatte gar kein Geld mit! Das steckte noch in den Jeans, und sie hatte heute morgen vergessen, es herauszunehmen.

»Das sind ja ganz neue Sitten«, hörte sie Max, und während sie verstohlen ihre Jacke auf dem Stuhl neben sich abtastete, in der Hoffnung, wenigstens dort noch ein paar Mark zu finden, sah sie aus den Augenwinkeln, wie er aufstand, seine Hand in die Hosentasche zwängte und einen Schein herauszog.

»Max…«, begann sie zögernd. Sie schämte sich, ihn gleich beim ersten Mal um Geld bitten zu müssen.

Aber Max hatte ihr Suchen falsch gedeutet.

»Kommt gar nicht in Frage!« sagte er einfach, und es war wohl auch als Geste für die Kellnerin gedacht.

»Ich zahle! Du bist von mit eingeladen!«

»Ich hätte ihr noch ein Trinkgeld geben sollen«, sagte er spöttisch, als das Mädchen gegangen war. »Hier so ein Theater zu machen!«

Er nahm den Plastikstrohhalm aus seinem Glas, klopfte einen Tropfen am Glasrand ab und warf den Halm in den Aschenbecher. Dann trank er einen Schluck und sah Petra über das Glas hinweg an. Petra lächelte dankbar zurück, doch er ahnte nicht, womit er das verdient hatte.

»Du bist wirklich merkwürdig«, sagte er nach einer Weile nachdenklich. »Das ist mir schon am Strand, in der Düne, aufgefallen. Da hast du mit dir selbst gesprochen, oder?«

»Das ist nicht wahr!«

»Natürlich ist es wahr! Ich hab's doch gehört!«

»Nein«, widersprach Petra noch einmal, und trotzig fügte sie hinzu: »Ich war nämlich überhaupt nicht allein!«

»Du spinnst!«

Auch gut, dachte Petra. Sollte er doch glauben, was er wollte. Sie schaute über die Promenade hinweg auf das Meer. Tief in der Ferne ballten sich die Wolken jetzt zu einem dichten, hellen Grau zusammen, aber noch sah es nicht gefährlich aus. Heute würde es wohl weiter trocken bleiben. Ein Segelboot stand schräg im Wind. Auch wenn es sich nicht von der Stelle zu rühren schien, so machte es, seinen geblähten Segeln nach zu urteilen, offensichtlich doch schnelle Fahrt.

Vielleicht ist es die Jacht, die gestern abend an der Pier lag, überlegte Petra und glaubte, in den hin und her springenden schwarzen Punkten, die dem weißen Schiffsleib folgten, einen Schwarm Möwen zu erkennen.

Als ihr Blick langsam zum Ufer zurückkehrte, fielen ihr für einen Augenblick Martha und Georg ein. Die beiden waren jetzt sicher längst unterwegs, es ging ja schon auf Mittag zu. Möglicherweise waren sie sogar schon hier vorbeigekommen, hatten sie mit dem Jungen zusammen sitzen sehen, sie aber nicht ansprechen wollen. Nein, Petra verwarf diesen Gedanken sofort wieder, eine solche Gelegenheit hätten sie sich bestimmt nicht entgehen lassen. Mein Gott, wäre ihr das peinlich gewesen, wenn ihre Eltern plötzlich vor der Brüstung gestanden und sie womöglich noch gefragt hätten, wer denn der junge Mann neben ihr sei. Zuzutrauen war ihnen das, vor allem Georg. Oder vielleicht auch nicht, wies sie sich schnell zurecht. Ich muß auch endlich mal aufhören, ihm immer nur Mieses zu unterstellen. Trotzdem, die Vorstellung, hier von ihren Eltern gesehen zu werden, ließ Petra erschauern, und sie fixierte ängstlich die Spaziergänger in der Nähe des Cafés. Martha und Georg, so stellte sie erleichtert fest, waren nicht darunter. Doch sie wußte, was bis jetzt noch nicht geschehen war, konnte immer noch auf sie zukommen. Den ganzen Tag wollte sie demnach auf keinen Fall hier verbringen.

»Woran denkst du gerade?« Max unterbrach ihre Gedanken.

»Ich?« Petra fuhr herum und griff zu ihrer Limonade, als sähe sie sie zum ersten Mal. »Ich denke an Adrian«, sagte sie dann, einer plötzlichen Eingebung folgend, und ihre Stimme klang sanft.

»Das ist der Junge, der mit mir in der Düne war!«

»Komm, du kannst mir viel erzählen!«

»Adrian ist mein Freund«, beharrte Petra.

Max lachte jetzt hell auf. »Hör auf«, bat er. »Du warst ganz allein! Ich hab es genau gesehen!«

»Ich weiß!« Sie nippte schnell an ihrer Limonade, damit er nicht sehen konnte, daß sie kichern mußte. Das wirkte wie eine bedeutungsvolle Pause.

»Er ist nicht mitgekommen«, sagte sie dann leichthin. »Ich bin mit meinen Eltern hier!«

Eine verblüfftere Reaktion als die, die Max zeigte, hätte Petra sich nicht wünschen können. Ihm blieb im wahrsten Sinne des Wortes der Mund offenstehen.

»Du bist vielleicht eine«, brachte er gequetscht hervor. »Also, echt! Mich so auf den Arm zu nehmen!«

»Das hab ich nicht!« Petra lächelte ihn unschuldig an und stürzte ihn damit in noch größere Verwirrung. Als ob es keine andere Möglichkeit gäbe, ihr zu entkommen, griff er in die Brusttasche und zog die Mundharmonika heraus. Ein paar dumpfe Baßtöne wummerten leise über die Terrasse. Einige Spatzen, die auf dem Boden nach Krümeln des Vortages suchten, flogen erschreckt von dem ungewohnten Geräusch auf und hockten sich in sicherer Entfernung auf die Balustrade.

»Ich muß bald gehen«, unterbrach Petra das Spiel nach einer Weile.

»Schon?« Max ließ enttäuscht das Instrument sinken. »Verabreden wir uns?« fragte er schnell.

Sie zuckte mit den Schultern. »Geht nicht«, sagte sie. Sie sah, wie er die Mundharmonika in die offene Handfläche schlug, vier, fünf Mal. Das tat er sicher nicht nur, um die Spucke herauszubekommen.

»Wegen deiner Eltern, ja?« wollte er wissen.

»O nein!« Petra lachte. »Die würden nichts lieber sehen!«

»Dann also wegen Adrian?«

»Hm, vielleicht.« Petra trank den Rest ihrer Limonade und stand auf. Als sie das traurige Gesicht von Max sah, wurde ihr ein wenig seltsam zumute. Allzuweit, das wußte sie, durfte man ein solches Spiel nicht treiben. »Okay, fünf Minuten noch«, sagte sie leise. »Und dann überlassen wir's dem Zufall, ja?«

Und sie hoffte insgeheim, Max würde einfallsreich genug sein, um dem Zufall etwas nachzuhelfen.

24

Georg machte sich nichts vor: Er hatte Angst, und er wußte es. Seit er aufgewacht war, rumorte sie in ihm. Mit dem ersten Aufschlagen der Augen war sie schon dagewesen, mit dem ersten Blick durch das halbdunkle, leere Zimmer. Wo war Martha? Ach, richtig, sie war ja schon hinuntergegangen zum Frühstück. Beruhigt hatte er die Augen wieder geschlossen, aber die Sicherheit währte nur einen Augenblick. In immer klarer werdenden Bildern stellte sich die Erinnerung ein, wie auf einem Foto, das im Entwicklungsbad liegt, schälte sie sich aus der Dunkelheit des Schlafs ins plötzlich hellwache Bewußtsein. Wie um Himmels willen sollte das weitergehen? Das war die Frage, die am Ende stand, die Frage, die ihm Angst machte. Mehr noch als zuvor quälte sie ihn auch jetzt, während sie gemeinsam durch den Park gingen, der inseleinwärts hinter dem Dorf lag, friedlich unter dem wechselnden frühen Nachmittagshimmel. Die Wiesen rochen nach feuchtem, schwerem Gras, und wenn die Sonne gerade einmal nicht hinter einer Wolke verschwunden war, warfen die Stämme der Bäume steile, dunkle Streifen über die Kieswege. Wie Schatten huschten die Vögel von Baum zu Baum, laut tschilpend balgten sie miteinander im Laubwerk.

Georg achtete kaum auf sie. Er fühlte sich müde und zerschlagen. Und je weiter sie sich durch das Labyrinth der schmalen Wege voranbewegten, desto schwerer fiel es ihm, mit Martha Schritt zu halten. Am liebsten wäre er wieder umgekehrt, aber das konnte er nicht vorschlagen; schließlich war es seine Idee gewesen, heute auf das Mittagessen zu verzichten und statt dessen diesen Spaziergang zu machen. Warum, das wußte er eigentlich gar nicht mehr. Darüber hinaus hatten sie beide bisher nur wenig gesprochen, nur das Nötigste. Nicht mal nach Petra hatte Georg sich erkundigt. Seine Frau, die ihm bei seinem späten Frühstück noch mit einer Tasse Kaffee Gesellschaft leistete, hatte ihm nach einer Weile berichtet, daß sie schon wieder am Meer sei.

»Die alte Dame hat sie noch weggehen sehen«, hatte Martha bemerkt.

Aber auch dies nahm er nur mit einem Achselzucken zur Kenntnis. Erst als Martha den Kassenbon unter ihrem Besteck fand und zu ihm rüberschob, froh, daß ihre Tochter doch nicht ganz ohne Nachricht das Hotel verlassen hatte, bequemte er sich zu einem Kommentar.

»Ist ja wohl das mindeste, was man verlangen kann«, hatte er gesagt und sich dann eine Zigarette angezündet, die erste nach dem Frühstück.

Auch jetzt holte er wieder die Packung aus dem leichten Jackett, das er übergeworfen hatte. Er tat es gerade an der Stelle, wo der Kiesweg nach einem plötzlichen Knick in einen Kreis mündete, der um eine abgemähte Lichtung führte.

»Sieh mal, da werden Stühle aufgestellt!« Er spürte Marthas Hand kurz an seinem Ellbogen – es war eigentlich nur ein flüchtiges Streifen –, mit der anderen wies sie auf einen kleinen Pavillon, der in der Mitte der runden Rasenfläche stand. Zwei ältere Männer waren dabei, Reihen von weißen Klappstühlen aufzustellen.

»Vielleicht gibt's hier so was wie ein Kurkonzert heute nachmittag«, sagte Martha. Sie war stehengeblieben und beobachtete, wie die Männer sorgfältig und in aller Ruhe die Rückenlehnen der Stühle aneinander ausrichteten, die sie zuvor vom Anhänger eines Unimogs herbeigetragen hatten.

Georg war schon ein paar Meter vorgegangen. »Wir können ja hingehen«, rief er über die Schulter zurück. Er hatte es gesagt, ohne weiter darüber nachzudenken. Doch kaum war es ausgesprochen, da begriff er, welche Chance darin lag. Bitte, laß sie *ja* sagen, durchfuhr es ihn. Wenn sie einem Konzert zuhört, dann kann sie nicht mit mir streiten, dann hab ich meine Ruhe. Er klammerte sich an den Gedanken wie an einen rettenden Strohhalm, in seiner Vorstellung wuchs er zu einer großen Hoffnung. Vielleicht vergißt sie unseren Streit, ging es ihm durch den Kopf, ja, sie vergißt ihn, wenigstens für heute! Ein Aufschub, der würde ihm schon helfen; nur heute durfte sie nicht sofort wieder damit anfangen. Heute fühlte er sich einer neuerlichen Auseinandersetzung unter keinen Umständen gewachsen.

Er ließ endlich das Feuerzeug aufschnappen, und während er zwei-, dreimal tief inhalierte, beobachtete er seine Frau aus den Augenwinkeln. Für Martha am Rand der Lichtung sah es so aus, als suchte er hinter dem aufsteigenden Rauch Deckung.

Sie kam langsam näher, wie ein mißtrauisches Tier. Georg erschrak über den Vergleich, der ihm so plötzlich in den Sinn gekommen war, und mehr noch: Er spürte mit jedem Schritt, den Martha tat, wieder die Angst in sich wachsen, die Angst vor dem, was sie jetzt antworten würde.

Doch zunächst einmal sagte Martha gar nichts. Sie stand vor ihm und umklammerte stumm seine Handgelenke. Er konnte die Adern hinter ihren Schläfen pochen sehen, so dicht war sie an ihn herangetreten.

»Nein, mir ist lieber, wir gehen nicht hin«, sagte sie leise nach einer Weile, die Georg endlos vorkam. »Ich muß mit dir reden heute...« Und sie fügte schnell hinzu: »Ich verspreche dir auch, daß ich ganz ruhig bleibe dabei.«

Mit einem Ruck löste sich Georg aus ihrem Griff und wich einen Schritt zurück. »Wenn du glaubst, daß du das kannst«, preßte er hervor. Die Enttäuschung verlieh seiner Stimme einen aggressiven Unterton. Er zog noch einmal an seiner Zigarette, dann schleuderte er sie noch nicht einmal zur Hälfte geraucht auf den Kiesweg. Ich Idiot, schalt er sich selbst, wie konnte ich nur glauben, daß sie das vergessen würde. Sie bringt doch immer zu Ende, was sie einmal angefangen hat. In stiller Wut zerstampfte er die Glut auf dem Boden. Die kleinen Steine unter seinem Absatz knirschten wie splitterndes Glas.

»Kommst du?«

Er sah Martha schon weit auf der Wiese stehen. Sie winkte ihm kurz zu, ging dann aber, ohne seine Reaktion abzuwarten, weiter auf den weißen Pavillon zu. Merkwürdig, plötzlich wirkte sie auf Georg größer als sonst. Als sie sich durch die Stuhlreihen schob, wechselte sie ein paar Worte mit den beiden Arbeitern, jedenfalls reckten diese ihre Oberkörper hoch und schauten zu ihr hinüber. Georg glaubte erkennen zu können, daß Martha ein paar Mal mit dem Kopf nickte.

Mit einem Mal griff wieder diese Eiseskälte nach ihm. Sie überfiel ihn wie eine Lähmung, aus der es kein Entkommen zu geben schien – aber dann war da plötzlich dieses andere Gefühl, eine Art verzweifelter Trotz, der ihn schüttelte und alles gleichgültig werden ließ.

»Also, bringen wir's hinter uns«, sagte er halblaut. Er rückte noch schnell den Nasenbügel der Brille zurecht, dann begann er mit großen Schritten den Rasen zu überqueren.

Seine Frau hockte schon auf den Holzbohlen des Pavillons – ein viereckiges, hölzernes Podest, über dem ein von Säulen getragenes Spitzdach ruhte – und ließ die Beine herabhängen.

Georg stellte sich breitbeinig vor sie hin und sah ihr ins Gesicht. »Okay«, sagte er. »Was willst du mir sagen?«

Sie stöhnte leise auf und senkte den Blick. »Mein Gott, wenn das so einfach wäre«, flüsterte sie. »Willst du dich nicht erst mal zu mir setzen?«

»Nein!« sagte Georg schroff. »Nein, das will ich nicht!«

Er sah, wie sie schluckte, und auch, wie sie fahrig mit der Hand über die Stirn wischte, um eine Haarsträhne beiseite zu schieben, die ihr ins Gesicht gefallen war.

»Ich weiß nicht, wie ich anfangen soll«, sagte sie nach einer Pause mit einem leisen und hilflosen Lachen.

»So, wie du dich aufführst, wird's nicht leicht sein, mich dir verständlich zu machen!«

Was sie wohl erwartet? dachte Georg bitter. Daß ich mit ihr Händchen halte, während sie mir weiter ihre Gemeinheiten an den Kopf wirft? Ungeduldig wippte er auf den Fußspitzen und ließ seine Frau, die jetzt nervös an ihren Fingernägeln zupfte, nicht aus den Augen. Ihrem Mienenspiel sah er deutlich an, wie sie verzweifelt nach den ersten Worten suchte.

»Weißt du«, begann sie endlich zögernd, »bevor du heruntergekommen bist, hab ich noch mit der alten Frau zusammengesessen. Ihrem Mann ging es nicht gut, er war oben auf seinem Zimmer geblieben…«

Und als ob die Erinnerung ihr das Gespräch wieder ganz nahe rückte, klang ihre Stimme jetzt geradezu zärtlich: »Du, sie hat wirklich zum ersten Mal etwas von sich erzählt…«

»Ja und?« Georg unterbrach sie ungehalten. Was ging ihn die Alte an? »Muß ich mir deren verkorkste Lebensgeschichte jetzt etwa auch noch anhören?« sagte er ärgerlich. »Ich denke doch, wir haben mit uns genug zu tun!«

»Aber es hat mit uns zu tun!« widersprach Martha heftig. »Mir ist vieles klargeworden durch das, was die Frau mir erzählt hat!«

»Ach, sag bloß! Und was, bitte?«

Marthas Oberkörper streckte sich, ihr Kopf fuhr hoch, die leichte Röte, die ihr plötzlich im Gesicht stand, ließ sie jetzt eher entschlossen aussehen.

»Paß auf!« zischte sie, und sie wiederholte es so schneidend, daß Georg sich unwillkürlich duckte und schnell nach den beiden Männern umsah. Aber die schienen sie, Gott sei Dank, nicht zu beachten.

»Ich hab vorgehabt, mich in aller Ruhe mit dir auszusprechen«, hörte er seine Frau weiter in diesem scharfen Ton. »Aber du kannst es auch anders haben! Es liegt ganz bei dir!«

Als er stumm blieb, sprang sie mit einem Satz von dem Podest auf die Erde, für einen Augenblick schob sich ihr Rock bis weit zu den Oberschenkeln hoch, dann stand sie bei ihm und packte mit beiden Händen seinen Arm. Sie schüttelte ihn.

»Ich will so nicht weitermachen, verstehst du? Ich kann nicht! Ich sehe keinen Sinn mehr in so einem Leben!«

»Was meinst du damit?« Georg war erschrocken.

»Unser Leben ist sinnlos geworden. Einfach leer!«

Er spürte schmerzhaft, wie sich ihre Fingernägel in das Fleisch seines Armes krallten; ihre Hände hielten sein Gelenk umklammert, als müßten sie sich daran festhalten.

»Und eine Familie, ein Mann, ein Kind, das bedeutet dir alles nichts mehr?« Er protestierte schnell und heiser.

Martha preßte die Lippen zusammen; sie zögerte, bevor sie antwortete. »Doch, natürlich...«, sagte sie dann gedehnt und schon weniger heftig. »Natürlich bedeutet mir das etwas. Aber was hab ich denn noch davon? Wo komme ich denn noch vor darin?«

Sie ließ ihren Mann, der sie verständnislos ansah, los und begann mit kleinen Schritten vor ihm auf und ab zu gehen. Das Weitersprechen kostete sie Überwindung.

»Schau mal, Georg«, fing sie dann wieder an, und es klang so, als spräche sie mit sich selbst, »Liebe, Zuneigung, Leidenschaft, nenn es, wie du willst, die geben einem Leben doch einen Sinn. Danach sehnen sich alle Menschen. Um irgend etwas zu haben, woran sie sich halten können.« Sie hielt wieder inne, blieb jetzt auch stehen, und Traurigkeit überschattete ihre Augen.

»Georg, ich kann sie nirgends mehr entdecken bei uns«, sagte sie leise. »Unser Leben, das ist mir jetzt so klargeworden, es besteht nur noch aus Routine.«

»Aber...« Georg schüttelte ungläubig den Kopf.

Obwohl er sich in der vergangenen Nacht doch selbst mit ähnlichen Gedanken gequält hatte, wollte er nicht wahrhaben, was er hörte. Was nützte es auch? Er wußte ja doch keinen Ausweg. Und selbst wenn? War es denn nicht schon zu spät? Hatte er Martha, so wie sie redete, nicht schon verloren?

»Das… mußt du mir erklären«, stotterte er hilflos.

»O nein, bitte, erspar mir das!« Sie warf die Haare in den Nacken und lachte bitter. »Sollen wir uns weiter gegenseitig langweilen? Du erzählst mir, daß dich die Kollegen im Büro wieder mal ungerecht behandelt haben. Daß dir Meier oder Schulze oder wie immer er heißt wieder mal die Schreibkraft vor der Nase weggeschnappt hat. Obwohl deine Briefe doch viel wichtiger waren als seine. Und ich erzähle dir, daß mir beim Putzen wieder mal der Eimer umgefallen ist. Willst du das? Ach ja, und dann sagst du mir noch, wie kaputt dich das alles macht, nicht wahr? Und ich erzähl dir von den Frauen aus der Nachbarschaft. Die fühlen sich nämlich auch eingeschlossen in eine dunkle, staubige Höhle. Genau wie ich! Willst du das hören? Ja? Interessiert dich das? Mich nicht!«

»Schluß! Hör endlich auf!« schrie Georg. Er konnte die schrille Stimme seiner Frau nicht mehr ertragen. Natürlich, er wußte ja, wie recht sie hatte mit dem, was sie sagte. Er fühlte es doch selbst oft genug, auch er kam sich wie in einem Gefängnis vor, zu dem es keinen Schlüssel mehr gab. Um das zu erkennen, brauchte er seine Frau nicht. Aber das war das Leben, das waren seine Regeln. Ich habe sie doch nicht erfunden, dachte er. Warum macht sie mich dafür verantwortlich? Verdammt, das tut sie doch!

»Was willst du eigentlich?« fragte er bissig. »Weißt du das überhaupt noch? Du kannst froh sein, daß deine Tochter dieses Affentheater nicht mitkriegt, das du hier veranstaltest! Sie würde sich totlachen über dich, wenn sie sähe, wie ihre Mutter sich aufführt!«

Mit einem Mal wurde Martha ganz ruhig. »Nein, das glaube ich nicht«, widersprach sie bestimmt.

»Petra würde mich verstehen! Sie würde so ein Leben nicht führen wollen. Und wir sollten es ihr auch nicht wünschen, Georg, wirklich nicht!« Sie hakte sich plötzlich bei ihm ein; er spürte, wie sie ihn mit sich zu ziehen suchte. Stolpernd machte er die ersten Schritte. Es war, als zöge eine fremde Kraft seinen Körper fort.

»Georg, die alte Frau hat mir heute morgen gesagt, es gibt Fehler, die man nie wieder gutmachen kann. Ich finde, wir sollten Petra dankbar sein. Ich meine, wir können froh sein, daß das geschehen ist mit ihr, ja, und mit Adrian. Wir hätten sonst womöglich so weitergemacht bis ans Ende. Bis wir einander nichts mehr wert gewesen wären, verstehst du?«

»Dann meinst du also, noch ist es nicht zu spät?«

Seine Verzweiflung, seine Wut waren plötzlich dahin. Martha bot ihm eine Chance an! Ja, noch war nicht alles verloren. Er biß sich auf die Unterlippe. Sein Atem ging stoßweise. Er wartete. Die beiden Männer kamen ihm ins Blickfeld, sie hantierten immer noch mit den Stühlen. Er hatte sie die ganze Zeit über nicht mehr wahrgenommen. Über den Kiesweg kamen nun auch ein paar schwarzgekleidete Gestalten heran. Ihre blechernen Instrumente glänzten matt in der Sonne.

»Ist es nicht zu spät?« fragte er noch einmal. »Bitte, ich muß es wissen!«

Martha schlang die Arme um seinen Nacken. »Ich weiß es nicht«, sagte sie. »Aber wir werden es herausfinden, nicht wahr?«

25

Ich hab dich nicht vergessen, Adrian, keine Angst. Ich trage doch deine Worte in mir, deine Gedanken. Ich ... Ach, ich will doch nur, daß du auch wieder einen Körper hast, verstehst du? Ein Gesicht, Hände – das vermisse ich am meisten, deine Hand, die mich hält und dabei meine Handfläche streichelt. Mit dem Zeigefinger hast du das immer gemacht, glaub ich, es kitzelte. Erinnerst du dich nicht mehr?

Paß auf, ich will, daß du wieder ganz bist. Ja, so ähnlich, wie du es von mir gesagt hast, damals, als du mir aus dem Buch vorgelesen hast. Du sollst wieder ganz für mich werden. Wer weiß, vielleicht lachst du sogar. Und spielst Mundharmonika. Ja, du lachst! Hast du eigentlich gewußt, wie schön dein Lachen ist?

Der Weg über den Rücken der Düne war mühsam. Verkrüppeltes Gebüsch kroch über den Boden oder reckte sich kniehoch aus dem dichten Seegras. Kieferngestrüpp und Sanddorn vor allem, an dem gelbrot die Beeren hingen.

Aber dann stieß Petra doch auf einen schmalen Pfad, auf dem sie nun leichter vorankam. Offensichtlich waren hier im Laufe der Jahre schon viele andere Leute gegangen, wenn die Flut das Wasser gegen den Sandberg drückte und mit ihrer dicken, gierigen Zunge an der Insel leckte.

Petra atmete auf. Jetzt brauchte sie nicht mehr zu befürchten, daß das dornige Geäst ihr die Beine zerkratzte. Sie warf sich das weiße Badetuch, dessentwegen sie noch einmal im Hotel gewesen war, über die Schultern und raffte es vor der Brust zusammen.

»Vorwärts, alte Indianersquaw«, lachte sie über sich selbst und versuchte einen Blick auf das Meer zu werfen. Aber das lag hinter der ansteigenden Düne verborgen. Nur sein Rauschen, diese gleichmäßige dunkle Vibration in der Luft, drang zu ihr hinauf.

Sie sah sich um. Das Dorf lag ruhig im Nachmittagslicht der Bucht. Von hier aus waren die einzelnen Gebäude an der Promenade kaum noch zu unterscheiden, und Menschen konnte man auf diese Entfernung hin erst recht nicht mehr erkennen. Auch in die Düne war Petra offenbar niemand gefolgt. Jedenfalls bewegte sich nichts in dem Gestrüpp; nur einen Vogel sah sie mit schwirrenden Flügeln in der Luft, und für einen Moment spürte sie eine winzige Enttäuschung. Sollte Max sein Interesse an ihr schon verloren haben? Nein, das konnte sie sich nicht vorstellen.

Natürlich war es nicht bei den fünf Minuten geblieben, die Petra mit ihm im *Seeblick* noch hatte verbringen wollen; mindestens eine Dreiviertelstunde hatten sie auf der Terrasse noch zusammengesessen, und der Austausch von kleinen, für sie aber wichtigen Informationen war allmählich immer selbstverständlicher geworden. So hatte Petra erfahren, daß dem Vater von Max das Billardcafé gehörte und daß Max dort ein wenig aushalf zur Zeit, jedenfalls so lange, wie er noch auf einen Studienplatz warten mußte.

»Du kannst schon studieren?« hatte sie ihn verwundert gefragt. Er sah so jung aus, daß sie ihm eigentlich noch nicht einmal das Abitur zutraute. »Was willst du denn machen?«

»Lach nicht«, sagte er. »Mathe.«

Aber sie hatte gelacht. Mathe, sagte sie ihm, sei wirklich das letzte, woran sie denken würde, falls sie die Schule überhaupt schaffte. Eher Sprachen. Ja. Englisch oder vielleicht Literatur.

Und dann hatte sie von ihrer Schule zu erzählen begonnen, von dem Ärger, der sie wegen der überschrittenen Ferienzeit erwartete. Auf die Stadt, in der sie wohnte, hatte sie geschimpft, auf die stupiden Leute dort, und ein Wort hatte das andere gegeben; sie waren hervorgesprudelt, als habe das viele Schweigen in den vergangenen Tagen Petra übervoll gemacht mit diesen Worten.

Am Ende war es Max gewesen, der fast bedrückt aufstand und mit einem Schulterzucken sagte, daß er gehen müsse. Petra hatte ihn verwirrt angesehen – jetzt flatterten ihr die Augenlider. Sie fürchtete schon, sein plötzlicher Aufbruch habe damit zu tun, daß sie zum Schluß nur noch von sich geredet hatte. Aber das war Gott sei Dank nicht so. Max hatte seinem Vater versprochen, ihn über die Mittagszeit an der Kasse und hinter der Theke abzulösen. Er selbst, so erklärte er, esse nie zu Mittag.

»Bleibt's dabei? Keine Verabredung?« wollte er wissen, als er ihr ganz selbstverständlich die Hand gab.

Es war die erste bewußte Berührung zwischen ihnen, und sie jagte Petra ein warmes Kribbeln durch den Körper. Doch sie schüttelte den Kopf.

»Ich finde dich schon!« Max lachte. »So schnell wirst du mich nicht los!« Und immer noch lachend war er über die Glasbrüstung gesprungen und ohne sich noch einmal umzusehen in Richtung Casablanca davongegangen.

Petra hatte jetzt den Kopf der Düne erreicht. Wie eine große Schneewehe erstreckte sie sich hier bis zum Meer. Das Wasser toste noch heftig, die Wellen rüttelten an den Pfählen des Zaunes, der dort unten gezogen war, und überschwemmten sie manchmal weit, so daß die groben Enden der Pfosten für einen Moment wie schwimmende Holzklötze aussahen.

Ebbe und Flut, dachte Petra, welch ein merkwürdiges Ereignis. Alle sechs Stunden stieg und fiel das Wasser des Meeresspiegels, zweimal wiederholte es diesen Prozeß innerhalb eines Tages und einer Nacht; es kam nie zur Ruhe. Von der Schule her wußte sie zwar, daß es die Anziehungskraft des Mondes und der Sonne war, die diese Bewegung der Wasserhülle auf der Erde verursachte, aber das änderte nichts daran, daß ihr dieser Vorgang auch weiterhin immer unerklärlich, ja beinahe unheimlich blieb. Da war eine geheimnisvolle Kraft am Werk, die sie nie begreifen würde. Und vielleicht ist das gut so, dachte sie. Vielleicht gibt es Dinge, die man einfach als selbstverständlich hinnehmen muß, über die man nicht weiter nachdenken sollte.

Sie rutschte mehr die Düne hinab, als daß sie ging. Irgendwo, einige Meter unter ihr, das hatte sie von oben sehen können, lag die windschattige Mulde, in die sie sich schon an den vergangenen Tagen so oft zurückgezogen hatte. Und dorthin wollte sie auch heute wieder.

Plötzlich fiel ihr die alte Frau ein, als sie jetzt, je tiefer sie kletterte, die Brandung immer deutlicher klatschen hörte. Was hatte sie gesagt? Das Meer kennt keine Stille. Ein komischer Satz. Der wäre wahrscheinlich nicht mal Adrian eingefallen.

Überhaupt war die alte Frau seltsam gewesen, erinnerte Petra sich. Sie hatte sie noch einmal getroffen, als sie enttäuscht aus dem Hotel gekommen war. Ein bißchen enttäuscht jedenfalls. Das Badetuch, das sie dort hatte holen wollen, war ja eigentlich nur ein Vorwand gewesen, das wußte sie. In Wirklichkeit hatte sie gehofft, im Hotel ihre Eltern anzutreffen, vielleicht sogar mit ihnen zu Mittag zu essen. Sie hätte ihnen doch so gern von ihrer neuen Bekanntschaft erzählt.

Dieses Bedürfnis, mit jemandem über Max zu reden, war plötzlich einfach dagewesen, kaum daß er zwischen den Leuten auf der Uferstraße verschwunden war.

Ich vermisse ihn schon, hatte sie sich eingestehen müssen, und obwohl es doch lächerlich war, sich einzubilden, daß das Reden über ihn seine Anwesenheit wiederherstellen könnte, empfand sie den Wunsch dazu beinahe wie einen Zwang. Zu Hause hätte sie bestimmt sofort zum Hörer gegriffen und mit einer ihrer Freundinnen telefoniert. Aber hier gab's nun mal keine, hier gab's nur ihre Eltern, und die wären bestimmt froh gewesen, vermutete Petra, wenn sie sich ihnen anvertraut hätte. Aber sie waren nicht da, weder in ihrem Zimmer noch im Speisesaal, trotz der Mittagszeit.

Während sie noch darüber grübelte, warum Martha und Georg heute wohl das Essen hatten ausfallen lassen und wo sie hingegangen sein könnten, hatte sie die Frau gesehen. Sie stand allein auf der Pier, nur wenige Meter von der Promenade entfernt, und doch kam Petra das schon sehr mutig vor, wie sie da aufs Meer hinausschaute, während links und rechts von ihr die von der Flut aufgebauschten Wellen gegen die Basaltsteine schlugen und sich in tausend kleinen Spritzern über den Damm ergossen. Sie muß doch nasse Füße kriegen, hatte sie gedacht und war, einem plötzlichen Impuls folgend, zu ihr gegangen.

»Tag, haben Sie heute mittag vielleicht meine Eltern gesehen?«

Die Frau erschrak, als sie so von hinten angesprochen wurde. Sie drehte sich schnell zu Petra um, und ihr Gesicht, das unter dem geblümten Kopftuch fast verschwand, war sehr blaß. Aber dann, mit dem Erkennen, schoß ihr eine fahle Röte in die Wangen.

»Ah, du bist's«, freute sie sich, und es schien, als reiße der Wind ihr die Worte sofort von den Lippen, so leise waren sie. »Nein«, bedauerte sie dann, »heute mittag sind wir uns nicht begegnet. Suchst du deine Eltern denn?«

Petra wußte nicht recht, was sie darauf antworten sollte. »Ja, eigentlich schon, aber es ist nicht so wichtig«, sagte sie zögernd und sah an der Frau vorbei aufs Wasser.

Erst jetzt bemerkte sie, daß die alte Frau nicht allein war. Weiter draußen auf der Pier, beinahe an ihrem Ende, stand der Rollstuhl ihres Mannes. Wie ein schwarzer Fleck zeichnete sich der breite Rücken des Gelähmten gegen den Himmel ab. Und dann sah Petra auch, was die beiden beobachteten. Von Nordwesten her lief ein Kutter mit der Flut auf die Insel zu. Die Fischer waren wohl dabei, ihren Fang zu sortieren und die Abfälle ins Meer zu werfen; jedenfalls umkreisten die Möwen das Schiff in einem dichten Schwarm, aus dem die Vögel immer wieder wie silbrige Pfeile ins Wasser stießen und sich ihre Beute schnappten.

»Hat Ihr Mann keine Angst..., allein, so weit vorn?« fragte Petra.

Die Frau war plötzlich ein bißchen verlegen. Diesen Eindruck hatte Petra jedenfalls. Sie sah zur Seite, und die kränklichen, blauen Schatten, die ihr wie gemalt unter den Augen lagen, schienen sich noch tiefer zu färben. »Wenn einer Angst hat, bin ich es«, sagte sie. »Das heißt, mir war wohl ein bißchen schwindelig, da bin ich schnell zurückgegangen! Aber seine Räder«, fügte sie hinzu, »die hab ich gut blockiert. Ihm kann nichts passieren!«

»Und wie kommt er zurück? Soll ich ihn für Sie abholen?« bot Petra sich an.

»Ach, das ist sehr lieb von dir ! Aber das kleine Stück, das schafft er schon allein!«

Sie lächelte dankbar und hob die schmalen Schultern. »Wer weiß, wie lange er da vorn noch bleiben will. Das dauert sicher noch, so wie ich ihn kenne!«

Petra wußte nicht mehr, worüber sie mit der Frau weiter reden sollte. Sie schaute auf den Boden und begann unsicher das Badetuch zwischen ihren Händen zu kneten. Ja, und dann war dieser merkwürdige Satz gefallen. Petra hatte plötzlich den Arm der Frau berührt, ganz kurz nur, um ihre Aufmerksamkeit wieder auf sich zu lenken, und ihr von Max erzählt. Warum, das wußte sie eigentlich auch jetzt noch nicht.

»Ich hab hier übrigens einen Jungen kennengelernt«, hatte sie gesagt. Die Frau hatte zunächst so getan, als habe sie Petra nicht gehört, und weiter starr aufs Meer geblickt.

»Siehst du, nicht nur das Glück, auch die Traurigkeit vergeht wie der Wind«, hatte sie dann geflüstert, und es klang fast wie ein Windhauch. »Das ist nun mal so im Leben. Das Leben ist wie das Meer. Das Meer kennt keine Stille…«

Der Satz amüsierte Petra, aber sie mußte sich auch eingestehen, daß sie eine bis dahin kaum empfundene Traurigkeit überkam…

Mit einem letzten, kleinen Sprung stolperte sie in die tiefe Sandkuhle, die ihr Ziel gewesen war, und ließ sich auf den Rücken fallen. So lag sie da, die Arme von sich gestreckt, und schaute in den weiten Himmel, der ihr plötzlich groß und übermächtig vorkam.

Eine anhaltende Brise trieb die Wolken über sie hinweg. Ein ganz schönes Tempo hatten die inzwischen bekommen, aber sie ließen dennoch so viel Sonne durch, daß die Haut an den nackten Stellen des Körpers bald ein wenig zu glühen begann. Und dann hörte sie die Mundharmonika, endlich, leise und wehmütig wie beim ersten Mal.

Mit einem Satz war Petra in der Hocke. Sie bohrte ein Knie in den Sand, ihre Augen suchten den Rand der Mulde ab.

»Komm her! Zeig dich!« rief sie, als Max nirgends zu entdecken war. »Komm schon, ich weiß längst, daß du da bist!«

Doch nur die Musik kam ein wenig näher, diesmal aus einer anderen Richtung.

»Hör auf mit dem Quatsch!« rief sie noch einmal. »Oder meinst du, ich hätte mir nicht gedacht, daß du mir wieder nachschleichst?«

Jetzt fiel endlich ein Schatten über die Mulde. Petra drehte sich schnell um, und da stand er, mit dem Rücken zur Sonne, und sah grinsend auf sie hinab. Ein Bein hatte er vorgestellt, den Kopf hielt er ein wenig schief, und die Hand, die die Mundharmonika hielt, hing locker neben seiner Hüfte. Petra fühlte sich an einen Showdown im Film erinnert.

»Aha, so ist das also«, hörte sie seine Stimme. »Das ist wohl Absicht, daß du dich gerade hierhin verzogen hast?«

»Was willst du damit sagen?« Sie musterte ihn argwöhnisch. Einen Moment war sie nicht sicher, ob er sich lustig über sie machte oder ob sein Spott nur gespielt war.

»Ist ziemlich weit draußen in den Dünen, findest du nicht? Vielleicht ein bißchen einsam!«

»Mensch, ich hab's doch gewußt!« Petra stieß laut den Atem zwischen den Lippen aus. »Eingebildet bist du wohl gar nicht!« Dann lachte sie erleichtert. Max, so dachte sie beruhigt, versteckte nur wieder einmal seine Unsicherheit hinter ein paar forschen Sprüchen.

Sie stand auf und klopfte sich den Sand von den Beinen. Dann rollte sie das Badetuch auf und breitete es sorgfältig in der Mulde aus. Sie wußte, daß Max sie dabei beobachtete, aber sie tat so, als merkte sie es nicht. Erst als das weiße Frotteetuch glatt auf dem Boden lag, sah sie auf. Er war inzwischen ein paar Schritte zur Seite gegangen, jedenfalls mußte sie die Hand wie einen Schirm über die Augen legen, um sein Gesicht gegen das Sonnenlicht erkennen zu können.

»Komm, leg dich zu mir!« forderte sie ihn leise auf. Ihre Stimme war ein bißchen belegt. »Oder magst du vielleicht nicht?«

Max war unschlüssig. »Und dein Freund? Was sagt der dazu?«

Ja, was sagst du dazu, Adrian? Für einen Augenblick stand Petra ganz still da. Ein Lächeln, so klein und zärtlich, daß nur sie davon wußte, glitt über ihr Gesicht, dann ließ sie langsam die Hand sinken. Sie drehte sich um und schaute lange über das Meer, das in gleichmäßigen, blauschwarzen Wellen auf sie zurollte. Der Junge dort oben mußte den Eindruck bekommen, als habe sie ihn vergessen.

»Er ist tot«, sagte sie schließlich. »Adrian ist tot.«

»Er ist...? He, das klingt nicht so, als ob das ein Witz wäre.« Max wäre fast abgerutscht, so erschrocken war er. Nur mit Mühe konnte er die Balance halten.

»Es ist kein Witz.«

Bei dem Geräusch, mit dem dicke Sandklumpen in die Mulde polterten, hatte Petra den Kopf herumgeworfen. »Das ist kein Witz«, betonte sie noch einmal, und es klang trotzig. »Er ist wirklich tot.«

»Aber dann..., ja, dann kapiere ich überhaupt nichts mehr!«

Der Junge schlug sich die Hand gegen die Stirn; die andere, die mit der Mundharmonika, fuchtelte verloren in der Luft.

»Aber warum verstehst du das nicht?« Petra mußte plötzlich lachen, als sie ihn so verstört dastehen sah. Sie streckte ihm die Hand entgegen. »Nun komm schon!« Sie beruhigte ihn, wie man einem kleinen Kind gut zuredet. »Man kann doch auch einen Toten zum Freund haben, oder nicht?«

Max blickte sie nachdenklich an, aber er nickte und griff nach ihren hochgehaltenen Fingern.

»Ja, das ist denkbar«, sagte er zögernd. Und dann warf er den Kopf in den Nacken, als wollte er diese ganze Verwirrung von sich abschütteln, und sprang in die Mulde. Allerdings konnte er trotz Petras Hilfe nicht verhindern, daß er dabei ins Stolpern geriet und mit seinem ganzen Gewicht gegen sie prallte. Sie fielen übereinander auf das Badetuch.

»Du Trottel!« schrie Petra. Aber sie war ihm nicht böse.

26

Das Blaulicht des Notarztwagens rotierte vor dem Hoteleingang in der leeren Abenddämmerung, als habe niemand mehr die Zeit gefunden, es abzuschalten. Martha sah es von ihrem Fenster aus, aber ihr fehlte die Kraft hinunterzugehen.

Der Ambulanzwagen war auch das erste, was Petra auffiel, als sie in die Straße zum Hotel einbog, und automatisch begann sie zu laufen. Hoffentlich ist nichts mit meinen Eltern, schoß es ihr durch den Kopf. Sie war außer Atem, als sie durch die Hotelhalle in den Speisesaal stürzte. Das Abschiedsfest, zu dem Pickelface sie eingeladen hatte, war offensichtlich voll im Gange, jedenfalls hatte sie noch nie so viele Menschen hier gesehen. Aber sie wirkten alles andere als fröhlich, stellte Petra sofort fest. Die meisten von ihnen standen wie erstarrt herum und klammerten sich betreten an ihre Teller. Nur ein paar Kinder quetschten sich noch durch die Reihen und naschten kreischend von dem kalten Buffet, das entlang den Wänden aufgebaut war.

Als Petra sich weiter vorschob, sah sie den Grund für die Beklemmung, die alle ergriffen hatte. An der Seite des Saales waren die Tische zusammengerückt worden, in der Mitte stand eine Trage. Zwei Männer in weißen Kitteln beugten sich darüber; einer von ihnen hielt eine Infusionsflasche. Es mußte also schlimm stehen um die Person, die auf der Trage lag – aber sie lebte noch. Wer es war, konnte Petra nicht erkennen.

Ängstlich glitten ihre Augen über die Leute. Sie suchten Martha und Georg. Ihren Vater fand sie schnell. Er stand neben dem alten Mann, der zusammengesunken in seinem Rollstuhl hing, und hatte seine Hand auf dessen Schulter gelegt. Aber wo war Martha? Das fehlte noch, daß Martha etwas zugestoßen war! Gerade jetzt, wo Petra sich doch vorgenommen hatte, in Zukunft etwas weniger garstig zu ihr und Georg zu sein.

»Wo ist Mama?« rief sie in ihrer Verzweiflung laut durch den Saal. Dieses Wort hatte sie bestimmt seit Monaten nicht mehr ausgesprochen.

Georg begriff erst nach einer Weile, daß es seine Tochter war, die geschrien hatte. Immer noch wie abwesend rückte er sich die Brille zurecht und schaute zum Eingang hinüber. Und dort entdeckte er ihr kleines, verstörtes Gesicht zwischen all den anderen. Die Augen waren weit aufgerissen, und ihr Blick hing fragend an seinen Lippen.

O Gott, sie hat Angst, durchfuhr es ihn. Mit einem Lächeln versuchte er ihr zu verstehen zu geben, daß sie sich keine Sorgen zu machen brauchte. Er winkte ihr zu, sie möge zu ihm herüberkommen.

»Es ist alles in Ordnung. Deine Mutter ist oben«, sagte er leise, als sie bei ihm stand und sich für einen Moment an ihn drückte. Er deutete mit einem Nicken auf den Mann neben ihm und flüsterte: «Es ist seine Frau!«

Petra atmete erleichtert auf. Ihrer Mutter war also nichts passiert! Aber die Nachricht versetzte ihr dennoch einen Stich. Das ist doch nicht möglich, dachte sie, ich hab mit der Frau doch heute mittag noch gesprochen. Sie biß sich auf die Unterlippe. Ganz elend wurde ihr zumute, als sie sich vorstellte, daß diese kleine, zerbrechliche Person, die ihr noch so seltsam erschienen war auf der Pier, jetzt da hinten auf der Trage lag und womöglich mit dem Tode rang. Wie Adrian, dachte sie, der hatte wahrscheinlich genauso unter einem weißen Tuch gelegen. Aber Adrian war da schon tot.

Ratlos schaute sie zu Georg hoch. Vielleicht sagte er etwas, das sie trösten würde. Aber Georg blickte nur stumm vor sich hin und klopfte wieder die Schulter des Mannes im Rollstuhl, der unter dem lauten Schluchzen des Alten in seiner Federung bebte.

Irgend etwas stimmt trotzdem nicht mit Martha, kam es Petra plötzlich in den Sinn. Warum war sie in ihrem Zimmer? Warum war sie nicht hier unten? Sie kannte die Frau doch auch, besser vielleicht als all die anderen, die hier herumstanden. Petra wollte schon loslaufen, zu ihr hin, da hoben die Sanitäter die Trage an. Der alte Mann schrie auf, als sie seine Frau an ihm vorbei zum Ausgang brachten; seine Hände, diese großen, kräftigen Hände, fuhren in die Luft, als könnten sie die Männer in den Kitteln aufhalten.

»Komm, komm..., das wird schon wieder...«, versuchte Georg ihn zu beruhigen.

Aber es half nichts. Die Tränen rannen ihm über das im Schmerz verzerrte Gesicht. »Was soll ich denn machen ohne sie...«, schluchzte er. »Ich brauche sie doch. Sie kann mich doch nicht einfach allein lassen!«

Dann wurde er mit einem Mal ganz ruhig, nur sein Schniefen war noch zu hören unter dem gebeugten Kopf. Petra fand, daß es wie das Winseln eines jungen Hundes klang.

»Ich gehe jetzt«, sagte sie leise zu Georg.

»Wohin?« Ihr Vater sah sie verwirrt an, seine Augen waren merkwürdig leer unter den Gläsern und schienen durch Petra hindurchzusehen.

»Zu Martha! Vielleicht weiß sie noch gar nichts!«

Jetzt begriff er. »Nein, Kind, warte!« rief er schnell.

Aber Petra war schon fort und stürzte die Treppe hoch. »Weißt du schon, was unten passiert ist?« stieß sie aufgeregt hervor, als sie die Tür zu Marthas Zimmer aufriß. Sie konnte ihre Mutter zunächst kaum sehen in dem Raum, ihre Augen mußten sich erst an das Licht gewöhnen, das so grau vom Tag in die Nacht übergehen wollte.

Martha stand mit dem Gesicht zum Fenster und drehte sich langsam um. »Ja, ich hab gesehen, wie man sie rausgebracht hat«, sagte sie tonlos. »Wahrscheinlich hat sie es nicht mehr ausgehalten, die arme Frau. Vielleicht hat sie keinen anderen Ausweg mehr gesehen, als einfach zusammenzubrechen.«

Petra sah sie verständnislos an. Martha redete so komisch, fand sie. Sie wollte sie gerade fragen, was sie damit gemeint habe, da entdeckte sie den Koffer auf dem Bett. Der Deckel war noch nicht geschlossen, und ein paar Kleidungsstücke hingen ungeordnet über den Rand.

»Du packst?« entfuhr es ihr entsetzt. »Wir reisen doch nicht etwa schon ab?« Und ohne ihre Antwort abzuwarten, stürzte sie auf sie zu und schrie: »Müßt ihr mir denn immer alles kaputtmachen? Ich will noch nicht weg, hörst du? Gerade jetzt, wo ich doch Max...«

Der Satz gefror ihr auf den Lippen. Wie sie ihre Mutter so nah vor sich sah, die geschlossenen Lider, die über ihren Augäpfeln zitterten, die tiefen Ringe darunter, da wurde ihr schlagartig klar, daß es gar nicht darum ging.

»Es tut mir leid, Mama! Bitte, entschuldige«, bat sie kleinlaut. »Ihr habt euch gestritten, nicht wahr? Du... gehst allein weg, ja?« Ihre Stimme klang jämmerlich.

Martha atmete tief ein, dann schlang sie die Arme um Petras Nacken und sah ihr ernst in die großen, verwirrten Augen.

»Ja, ich fahre allein«, sagte sie. »Morgen mit der ersten Fähre. Ich gehe zu Erika.«

»Zu deiner Freundin? Aber du willst doch nicht zu ihr ziehen?«

»Nein, nicht wie du denkst!« unterbrach die Mutter sie schnell. Sie ahnte wohl, was ihre Tochter mit die Frage hatte ausdrücken wollen. »Du wirst sehen, es ist bestimmt nur für ein paar Tage!«

»Ach so«, sagte Petra erleichtert. Aber es war zu hören, daß ihr ein Rest Zweifel geblieben war. »Und Vater? Weiß er davon?«

»Aber natürlich!« Martha mußte lächeln. »Hast du etwa geglaubt, ich würde mich klammheimlich drücken? Nein, dein Vater ist einverstanden. Wir haben lange darüber gesprochen. Ja, er glaubt auch, daß es nur gut ist, wenn wir mal für eine Weile ein bißchen Abstand voneinander haben.« Und als sie Petras ängstlichen Blick sah, sagte sie schnell: »Danach, das versprech ich dir, geht's uns allen bestimmt wieder besser!«

Sie zog ihre Tochter zum Bett hinüber und gemeinsam setzten sie sich nebeneinander auf das weiche Plumeau.

Das ist es also, dachte Petra, darum war Georg so schlecht drauf gewesen heute abend. Es war gar nicht so sehr die Sache mit der alten Frau… Es war wegen Martha. Weil sie fort will…

»Aber warum?« fragte sie fassungslos, als würde ihr erst jetzt richtig klar, was der Entschluß ihrer Mutter bedeutete, und sie machte sich ganz klein an ihrer Brust. »Warum willst du denn weg?«

Martha zögerte. Sie löste ganz sanft die Umarmung, in der sie ihre Tochter hielt, dann stand sie auf und beugte sich über den Koffer. Gedankenverloren stopfte sie die restlichen Kleidungsstücke hinein und klappte den Deckel zu.

»Warum?« fragte Petra noch einmal.

»Ach, Kind«, seufzte die Mutter. »Ich weiß nicht, ob du's verstehst... Ich begreif es ja selbst noch nicht ganz. Aber ich muß einfach mal raus, ja, fort von euch. Von euch allen. Mein Kopf ist so voll..., voll mit allen möglichen Gedanken, und ich weiß nicht einmal, ob es meine eigenen sind.« Sie streichelte ihrer Tochter über die Wange, eine winzige, zärtliche Berührung mit den Fingerspitzen.

»Sieh mal, Petra«, fuhr sie dann fort, und ihre Stimme klang ein wenig fester, »ich hab das Gefühl, nie Zeit gehabt zu haben, Zeit für mich, verstehst du? Und die brauche ich jetzt einfach mal, um herauszufinden, was ich eigentlich will!«

»Ich hab immer gedacht, wenn man erwachsen ist, dann wüßte man das«, sagte Petra leise.

»Oh, da bin ich gar nicht so sicher. Vielleicht hat man es mal gewußt, aber man vergißt es wahrscheinlich wieder. Ich fürchte, wenn man nicht aufpaßt, kann das sehr leicht passieren.« Sie legte beide Hände auf den Deckel des Koffers und stützte sich mit ihrem ganzen Gewicht darauf.

»Und was ist mit mir?« fragte Petra.

Martha warf den Kopf in den Nacken und schüttelte sich

das Haar aus der Stirn. »Du? Du bist wahrscheinlich größer und erwachsener, als ich es jemals war«, sagte sie mit einem erstickten Lachen. »Jedenfalls bist du hoffentlich nicht so vergeßlich, wie ich es bin!« Die Tränen ließen sie nicht weitersprechen, und sie wandte schnell das Gesicht ab.

»Du weinst ja.« Petra sprang auf und schlang die Arme um sie. Das Zittern von Marthas Körper übertrug sich auf ihren, so fest preßte sie sich an den Rücken der Mutter.

»Ja und?« hörte sie sie schluchzen. »Was soll ich sonst tun? Glaubst du denn, mir fällt das alles so leicht?« Doch dann drehte Martha sich plötzlich um, und ihre Augen unter dem Tränenschleier begannen zu lächeln. »Komm, jetzt sieh mich nicht so entsetzt an«, sagte sie. Und nach einer Weile, in der sie ihre Tochter still und warm angeschaut hatte: »Er heißt also Max, dein neuer Freund?«

Als Petra die Tür hinter sich ins Schloß zog, glaubte sie alles verstanden zu haben. Das Leben ist eine komische Sache, dachte sie und ging langsam die Treppe hinunter. Alles liegt so dicht beieinander, daß man manchmal gar nicht unterscheiden kann, was einen froh und was einen unglücklich macht.

Wie durch einen Nebel hörte sie, daß man im Speisesaal die Musik wieder angeschaltet hatte. Pickelface stand hinter der Rezeption und feixte sie an.

»Na, hast du's dir doch noch anders überlegt?« fragte er.

»Du bist doch schwachsinnig«, sagte Petra angewidert und ging schnell an ihm vorbei. Ihr Vater lehnte an der Wand beim Eingang. Er sah sehr verloren aus unter all den Menschen, die sich jetzt wieder so ungezwungen miteinander

ander unterhielten, als habe es den Vorfall mit der alten Frau nicht gegeben.

Sie berührte seinen Arm. »Machst du 'nen Spaziergang mit mir?« fragte sie ihn leise. Er nickte, dankbar, wie es Petra schien.

Schweigend gingen sie die Straße entlang, in südliche Richtung, dorthin, wo Petra den Leuchtturm vermutete. Das Tageslicht wich jetzt immer mehr der Nacht. Es war wieder kühl geworden.

Nach einer Weile nahm Petra Georgs Hand und drückte sie. Und er erwiderte ihren Druck so fest, als ob er sie nicht mehr loslassen wollte.

»Glaubst du, sie überlegt es sich doch noch anders? Sie kommt wieder zurück?« Seine Stimme war rauh und ohne Kraft.

»Ich weiß nicht«, sagte Petra nach kurzem Nachdenken. Das Lied von Buffy Sainte Marie kam ihr plötzlich wieder in den Sinn, ihr Lieblingslied. *Until it's time for you to go* Welch eine merkwürdige Bedeutung es jetzt bekommen hatte.

Aber vielleicht ist das etwas, was ich noch lernen muß, Adrian. Vielleicht geht es manchmal gar nicht anders, als daß man weggeht. Vielleicht muß man nicht für immer gehen. Aber ob man wiederkommt, das hängt sicher nicht nur von einem selbst ab.

Sie bogen um eine Straßenecke, und jetzt sah Petra den Leuchtturm vor sich. Etwa dreißig Meter entfernt stand er auf einer kleinen Landzunge und hob sich hell gegen das Meer und den Abendhimmel ab. Noch ließ er sein Licht nur mit einem fahlen Schimmer kreisen; es war noch nicht dunkel genug, um die ganze Leuchtkraft auszustrahlen. Ein riesiger Schwarm Möwen flatterte in dem rotierenden Strahl. Wie Papierfetzen, die der Wind durcheinanderwirbelt, schossen sie auf und nieder. Petra hatte noch nie so viele dieser Vögel auf einem Haufen gesehen, auch nicht, als das Fischerboot an der Pier vorbeigezogen war. Vielleicht kommen alle Möwen der Insel mit der Dämmerung hierher, dachte sie und wischte sich verstohlen eine Träne ab. Ja, morgens brechen sie auf und schwirren in alle Richtungen auseinander, und abends, da kehren sie wieder heim. Vielleicht ist der Leuchtturm ihr Zuhause.

Bisheriges Stimmungsbaromenter zu dem Roman:

Sehr geschickt staffelt Schiffer den Aufbau der Geschichte, setzt immer noch eine Steigerung hinzu, so daß letztenendes die Leser/innen bestürzt die Einbahnstraße falscher Verhaltensweisen in Beziehungen erkennen müssen.
Wolfgang Schiffers Plädoyer für menschlicheres Verhalten untereinander ist in sanfter Erzählkunst, eher spannungslos geschrieben; wen jedoch dieses Buch aufrüttelt, erschreckt, nachdenklich macht, der/diejenige hat die eigentliche Spannung des Lebens und des Buches für sich entdeckt. Konsequenzen werden die logische Folge sein!

(Aus der Begründung für die
Verleihung der »Eule des Monats«)

Ein Buch nicht nur für Jugendliche, die dabei sind, sich selbst zu suchen, sondern auch eine Brücke zwischen den Generationen.

(Der Rote Elefant)

Der Autor hat kein Rührstück geschrieben mit dem üblichen Schlenker zum Guten, sondern eine sehr kritische Analyse einer sogenannten bürgerlichen Familie, die zwischenmenschliche und Generationskonflikte ignorieren möchte… Es wird nicht geschulmeistert und gerichtet, vielmehr auf eine sehr behutsame Weise analysiert – denken muß der Leser schon allein… Ein Buch, das zum besseren Verständnis der Menschen untereinander beitragen kann.

(Jugendliteratur und Medien in der GEW)

Wie in einem musikalischen Werk läßt der Autor […] Motive und Themen nebeneinander laufen, sie berühren und verkreuzen sich und werden in veränderter Tonart wiederholt. […]Obwohl kaum äußere Ereignisse die Handlung vorantreiben, werden die inneren Abläufe so geschickt dargestellt, daß das Buch bis zum Ende spannend bleibt.

(Kommission für Kinder- und Jugendliteratur im
Bundesministerium für Unterricht, Kunst und Sport, Wien)

Wolfgang Schiffer, geboren 1946 in Nettetal-Lobberich/Niederrhein, studierte Germanistik, Philosophie und Theaterwissenschaften. Heute lebt er mit seiner Familie in Köln, wo er als Redakteur beim WDR arbeitet. Er veröffentlichte Hörspiele und Theaterstücke, Erzählungen, Gedichte und Romane und erhielt mehrere literarische Auszeichnungen, zum Beispiel die Förderpreise für Literatur der Stadt Köln und des Landes Nordrhein-Westfalen.

Für »Das Meer kennt keine Stille«, das hiermit in einer inhaltlich und sprachlich überarbeiteten Fassung neu aufgelegt wird, wurde er vom Bulletin Jugend + Literatur mit der »Eule des Monats« und dem 2. Platz des »Hans im Glück«-Preises ausgezeichnet.

Emanzipatorische Mädchenliteratur im
Verlag Cornelia Riedel

Elke Hermannsdörfer
Mondmonat
Roman
154 Seiten, 19,80 DM
ISBN: 3-927937-05-3
2. Auflage 1991

ESELSOHR: Die Autorin hat die innere Entwicklung und Reifung Julias glaubwürdig nachgezeichnet; widersprüchliche Gefühle wie Angst und Sehnsucht, Verzagtheit und Hoffnung, Selbstzweifel und Selbstbewußtsein ringen miteinander, wechseln sich ab und werden intensiv durchlebt. Eindringliche Bilder aus Alpträumen und Tagträumen machen Julias Gefühlswelt für die LeserInnen nachvollziehbar, …

FUNDEVOGEL: Der Gegensatz von gesellschaftlichen Zwängen und individuellen Gefühlen kommt in diesem Roman sehr präzise zum Ausdruck. Die Autorin braucht keine Übertreibungen, um die Realität darzustellen; […] Man muß lernen, mit ihr fertig zu werden – Entscheidungen zu treffen, für die man zuletzt selbst verantwortlich ist.

Weitere im

Verlag Cornelia Riedel

erschienene Bücher für jungen Menschen:

Theodor Weißenborn:
Der Sündenhund
Erzählungen
220 Seiten, 24,80 DM
ISBN: 3-927937-00-2

Darmstädter Echo: Die Erzählungen lassen sich nicht auf einen Nenner bringen. Nur eines haben sie gemeinsam: Sie führen in Tiefen jenseits des Alltäglichen, offenbaren das Doppeldeutige, das Unausgesprochene; sie erzählen vom Augenblick, der nicht zu greifen ist, von abgrundtiefer Einsamkeit, von wachsender wie sterbender Zärtlichkeit. Es sind Geschichten von sprachlicher und inhaltlicher Intensität und Ausstrahlungskraft.

FUNDEVOGEL: In der Sprache spiegelt sich Atmosphäre, werden Personen charakterisiert – mal episch, mal poetisch, mal eher nüchtern erzählend, mal im kunstvoll eingesetzten Jargon des jugendlichen Helden...

Weitere im
Verlag Cornelia Riedel
erschienene Bücher für jungen Menschen:

Klaus Doderer (Hrsg.):
Ein Stückchen neuer Mensch
Geschichten über mehr
Miteinander
304 Seiten, 24,80DM
ISBN: 3-927937-02-9

FAZ: ...zwei Dutzend [...] Geschichten vom Alleinsein und Gerndabeiseinwollen, von Liebe und Abneigung, üblicher Kälte und unerwarteter Wärme lassen sich hier finden [...] Auch besitzt dieses Buch nicht jene unerträgliche Sozial-Tristesse, die wir von vergleichbaren Veröffentlichungen kennen. Der Herausgeber [Klaus Doderer] hat schon recht: »Die Hoffnung ist zwischen die Zeilen geschrieben«...
FUNDEVOGEL: So unterschiedlich die Texte auch sind in ihren Motiven, gleich ob sie subjektiv-psychologische Konflikte und Identitätssuche, sozialkritische Denkanstöße oder Aufarbeitung jüngster Vergangenheit spiegeln, so haben sie eines gemeinsam: die Sehnsucht nach Menschlichkeit. Wie ein Stückchen Hoffnung umklammert der Titel die Beiträge dieses Bandes...